TINEKE HENDRIKS

Beminde zusters

AMSTERDAM · ANTWERPEN

2014

Q is een imprint van Em. Querido's Uitgeverij BV, Amsterdam

Omslag Mariska Cock
Omslagbeeld Familiearchief auteur
Foto auteur Bram van Densen

ISBN 978 90 214 5474 0 / NUR 301
www.uitgeverijQ.nl

Voor Elianne en Nienke

1936

Neel voelde de leegte nog voor ze goed en wel wakker was. Tegen beter weten in tastte ze naar de andere kant van de twijfelaar. Toen haar vingers het koude laken raakten en niet het warme lichaam van Gon, viel de vertrouwde, doffe gelatenheid op haar neer. Die sjouwde ze nu al zes maanden met zich mee. Gon was weg. Gon sliep in een kloostercel, zestig kilometer verderop.

Deze morgen was de leegte nog leger.

Achter haar gesloten oogleden zag ze wat er te gebeuren stond. Na de mis zouden ze met de hele familie naar het klooster rijden om te zien hoe haar zus eruitzag in een habijt. Van postulante tot novice. Een stap die Gon nog verder van hen weg voerde.

Door haar wimpers gluurde ze naar het fletse licht dat door het gordijn kierde. Het regende. Of het was zo bewolkt dat het later zou gaan regenen. Ook dat nog. Ze draaide zich nog eens om.

Over een paar minuten moest ze eraan geloven: de deken wegslaan, zich omhoogduwen, haar voeten op het kleedje zetten, knielen voor het ochtendgebed, daarna van het kleedje op het kille zeil stappen, nachthemd uittrekken, een washand onder het koude water houden...

Elke vezel in haar lichaam werd zwaarder en drukte haar dieper in de matras. Ze vouwde haar handen. *Lieve moeder Maria, vandaag wordt Gon ingekleed. Waarom toch? Is het niet genoeg dat Riek in het klooster zit? En dat An dood is? Moet Onze Lieve Heer nu nóg een zus van mij hebben? En ben ik soms de volgende? Is dat de bedoeling? Maar ik héb geen roeping. En ik wil hem ook niet krijgen, want...*

De geluiden achter haar leidden haar af. De schorre piep van de kraan die werd dichtgedraaid, de scharnierende kastdeur, hangertjes die tegen elkaar tikten en daarna het geruis van de jurk die Trijn van de hanger schoof en aantrok. 'Schiet eens op, zus. Je kunt erbij.'

'Ik blijf net zo lief thuis.' Ze verwachtte protest of een schielijk weggetrokken deken, maar Trijn stapte zwijgend in haar schoenen, gespte de wreefbandjes dicht – ze hoorde het kraken van het leer – en ging kalm de kamer uit waarbij ze de deur wagenwijd open liet staan. Even kalm liep ze de trap af. Het laatste stukje sprong ze. Haar hakken klakten op het graniet in de gang.

Neel wurmde zich onder de deken uit, streek haar klamme haar uit haar gezicht en ging rechtop in bed zitten. Een kille windvlaag uit het open raam blies het gordijn de kamer in en beet in haar schouders en hals. Rillend luisterde ze naar wat er beneden gebeurde.

Trijn klakte door de gang, opende de keukendeur en zei: 'Het is Neel in haar bol geslagen.' De deur viel dicht.

Ze gleed terug onder de deken, ging weer op haar zij liggen en trok de deken hoog over haar schouder.

'Neel!'

Ze schoot rechtop. Van beneden klonk de stem van haar vader. 'Het is dat ik niet boven kan komen, maar ánders...' Dreigend bonkte hij met zijn stok op de onderste traptree. Ze wist hoe hij daar stond. Zijn grijze hoofd wat gebogen, de door reuma vergroeide hand op zijn stok en waarschijnlijk nog in hemdsmouwen. Zijn jas zou hij pas op het laatste moment aanschieten. Hij bonkte nog een keer op de trap.

Ze prevelde nog een schietgebed en schoof de deken weg. Vader meende het niet zo kwaad, maar moeder verdroeg geen luiheid en ze kon elk moment thuiskomen uit de mis. De klok beneden had al halfacht geslagen.

De voordeur sloeg dicht en de vestibuledeur zwiepte open.

'Zalige communie, vrouw,' zei vader die terugschuifelde door de gang, zijn stok tikkend op het graniet.

Op haar knieën voor het bed bad ze de oefeningen van geloof, hoop en liefde, dankte Onze Lieve Heer voor Zijn weldaden en beloofde de dag aan Hem op te dragen. Ze schoof het vage schuldgevoel dat ze te haastig bad terzijde. Straks, in de kerk, zou ze het overdoen en dan zou ze proberen het te ménen.

Ze waste zich en haalde daarna met korte, felle rukken haar bed af. Deken, lakens, molton. Haastig stapelde ze alles op de stoel naast het bed. Als ze niet opschoot, had ze straks een draai om haar oren te pakken. Daar was je, volgens moeder, zelfs met je achtentwintig jaar niet te groot voor.

Toen ze met vader, Henk en Trijn terugkwam van de mis van acht uur had moeder de tafel gedekt, met zondagse bordjes en wat margrietjes uit de tuin.

'Alsof het feest is,' zei Neel binnensmonds.

'Hoor eens, het is vandaag óók Maria-Tenhemelopneming. Dat mogen we niet vergeten.' Moeder keek op van de thee die ze inschonk. 'Jullie zijn toch wel ter communie geweest? Dat geeft een volle aflaat vandaag.'

'Ja moeder, natuurlijk.' Henk was ongeduldig. Hij had al een boterham op zijn bord gelegd en greep naar de suikerpot voor zijn thee. Vader zei sussend: 'We weten het, moeder.'

Ze aten zwijgend. Neel had een brok in haar keel waardoor het leek alsof ze niet kon slikken. Het schrijnde bij elke hap die ze naar binnen wrong. Door de tuindeuren tuurde ze naar de tegels van het plaatsje en naar de withouten stoelen onder de perenboom. Achter in de tuin, tegen de schutting van de pastorietuin, bloeiden de laatste witte violieren. Vorig jaar had ze met Gon een bos van die violieren geplukt om in de kerk bij Maria neer te zetten. Daarna had Gon haar meegetrokken naar de bakker, voor chocoladeflikken. 'Eerst iets voor Maria, nu iets voor ons.' Lachend en kletsend hadden ze het zakje leeg gesnoept.

'Hebben we eigenlijk een cadeau?' vroeg Trijn.

Moeder schudde haar hoofd. 'We hebben van alles meegegeven toen ze intrad. Een rozenkrans, een kruisbeeld, een wijwaterbakje. Zelfs een nieuwe fiets. Trouwens, alles wordt eigendom van het klooster. Dat weet je toch van Riek? Ze mogen zelf niets hebben.'

'Maar het is feest! Wij zitten hier te treuren maar voor Gon is het feest. Ze keek ernaar uit, schreef ze toch?'

'Ik treur niet.' Vader ademde diep in en deed een poging om zijn rug te rechten. 'Het is een eer dat ik nóg een dochter aan Onze Lieve Heer mag geven.'

Onder de tafel klemde Neel haar handen samen. Het móést. Ze móést blij zijn, voor Gon, voor Onze Lieve Heer, voor al het goede dat Gon uit naam van de familie zou doen.

'Dus we hebben geen cadeau?'

'Ik heb wat plakken chocola gekocht,' zei vader. 'Die zal ze toch wel mogen hebben? Ze kan ervan uitdelen. Dat doet ze altijd graag.' Hij zette zijn bril af en veegde iets weg uit een ooghoek.

'Heeft ze eigenlijk een foto van ons?' vroeg Henk met een blik naar het familieportret aan de muur.

Neel keek naar de foto, de enige waar ze allemaal op stonden. Vader, moeder en acht kinderen. Trijn was nog een baby op moeders schoot. Ze kon amper rechtop zitten. De vier groten, Piet, Jan, Riek en An, achter de kleintjes tussen vader en moeder. Zijzelf stond het dichtst bij vader, haar handje op zijn arm. Ze was bang geweest voor de fotograaf, die steeds wegkroop onder een zwarte doek.

'Ze heeft een foto van Neel en mij,' zei Trijn. 'Die hebben we in Haarlem laten maken.'

Moeder stond op. 'We moeten voortmaken. Straks komen we nog te laat.'

Een kwartier later stapten ze in de auto, de vrouwen achterin, Henk en vader voorin. De getrouwde broers gingen met hun eigen wagen.

Henk reed, maar eerst hielp hij vader in de auto en legde een deken over zijn benen. 'We krijgen regen,' zei vader. 'Ik voel het in mijn botten.' Met een onderdrukte kreun zette hij zijn weggegleden hoed recht.

Henk sloeg het portier aan vaders kant dicht, liep om de auto, waarbij hij goedkeurend op de motorkap klopte, en schoof achter het stuur.

'Karren maar, broer,' zei Trijn. 'Op naar Gon. Gon de non. Hé, dat rijmt. Gon de non. Gon de...'

'Hou op,' zei Neel. 'Het is al erg genoeg.'

Trijn deed haar mond open om iets terug te zeggen, maar moeder was haar voor. 'Geen ruzie vandaag,' zei ze scherp. 'Bid liever een Weesgegroetje.' Ze sloot haar ogen en haar prevelende lippen gaven het goede voorbeeld. Haar ruwe handen met de vage levervlekjes beefden licht in de schoot van haar zwarte jurk. De ring met de witte steen glansde dof.

De auto bonkte op de straatklinkers toen ze Hillegom uit reden en vaart maakten op de weg naar Haarlem. Het vlakke landschap van de bollenstreek oogde verlaten. Kilometers kale velden, met vierkante schuren en eenzame huizen als enige onderbreking, strekten zich uit tot aan de wazige duinenrij in de verte. Daarboven dreven grauwe wolken die, verbluffend snel, verdonkerden en dichterbij kwamen. Even later barstte de bui los en kletterde zo hard op het dak dat ze elkaar niet meer konden verstaan.

Zwijgend reden ze door de hoosbui. Neel volgde de stroompjes water op de autoruit tot ze verdwenen in de diepte en plaatsmaakten voor nieuwe stroompjes en druppels.

Toen Henk krachtig remde, keek ze op. Voor hen stak een fietser, bijna dubbel gebogen over zijn stuur, de natte straatweg over en sloeg een binnenweggetje in.

Over haar schouder keek ze hem na tot hij achter de bosjes verdween.

Een dag in juni, bijna tien jaar geleden. Ze fietste met Gon op dat binnenweggetje, op weg naar de Heilige Put van Onze Lieve Vrouwe ter Nood in Heiloo. Die kenden ze al van de bedevaart met de Mariacongregatie, maar deze keer gingen ze op eigen houtje. Ze had er nog een foto van.

Ze hadden zich mooi gemaakt, die dag. Gon droeg haar *sjarrelston*-jurk en zij haar nieuwe, donkerblauwe hemdjurk met het kleine kraagje en – nieuwste van het nieuwste – een stropdas. Moeder vond hun rokken te kort en hun witte kousen te wuft, maar Gon lachte haar bezwaren weg. 'We moeten toch met de tijd mee, moedertje?'

Hoofdschuddend gaf moeder toe. 'Als jullie maar wel je hoed ophouden.' En dat deden ze natuurlijk, het was tenslotte de laatste mode. Een *klosj*. Al noemden de broers het een pothoed.

Vroeg op de ochtend reden ze weg. Het was een paar uur fietsen, maar Neel genoot van elke minuut. Het 'Onze Lieve Heertje, geef mooi weertje' had geholpen. De zon stond in een blauwe, wolkeloze hemel en het was bijna windstil. Alleen een vlaagje zeewind bracht af en toe wat koelte, net genoeg om stevig door te trappen zonder bezweet te raken.

Op de bollenvelden was het rooitijd. Het krioelde van mannen en kinderen die de bollen uit de grond hakten en de open deuren van de schuren toonden de lange tafels met de pellers. Flarden gelach en geroep waaiden naar buiten.

De rooiers zwaaiden en floten naar de langsfietsende meisjes. 'We hebben sjans.' Gon wuifde uitbundig terug.

Neel stootte haar aan. 'Dat dóé je toch niet.'

'Kan geen kwaad, hoor,' lachte Gon en wuifde naar de volgende.

Bij Wijk aan Zee klommen ze naar een duintop en aten daar de boterhammen die moeder had meegegeven. De grijsgroene duinen strekten zich voor hen uit en in de verte lokte de zee met zonlicht dat blikkerde tussen de witte schuimkoppen.

'Laten we gaan pootjebaden,' zei Gon die een steentje uit haar schoen klopte.

'Geen sprake van. We gaan naar Heiloo, naar de Put. Aan zee heeft een katholiek meisje niets te zoeken. De pastoor heeft het zondag nog gezegd.'

Gon keek beteuterd, maar de volgende minuut lachte ze alweer. 'Ook goed. Ik ben al weg.' Ze trok haar schoen weer aan en rende met lange, glijdende passen de zanderige duinhelling af. Beneden bij haar fiets maakte ze een toeter van haar handen. 'Wie er het eerste is!'

De regen tikte nog steeds op het autodak, maar nu konden ze elkaar verstaan.

'Ik vind het toch zo jammer dat we er niet bij mogen zijn,' zei moeder voor de zoveelste keer. 'Bij Riek mocht dat wel.'

'Elke orde heeft nu eenmaal zijn eigen regels,' zei vader, ook voor de zoveelste keer.

'Dat weet ik wel,' zuchtte moeder. 'Maar het gaat me toch aan 't hart. Riek kwam met een kaars de kapel binnen, weten jullie nog? En moeder-overste zette haar de sluier op. Het zou me geruster maken als ik het mocht mee beleven en mee mocht bidden. Samen bidden geeft zo'n kracht.'

'We zien Gon toch erna?' Henk begon een deuntje te fluiten maar stopte abrupt, alsof hij zich opeens afvroeg of het wel passend was. Over zijn schouder zei hij geruststellend: 'Ze vertelt vast in geuren en kleuren hoe het ging.'

Moeder knipte zwijgend haar tas open en snoot haar

neus. Vader wees met de steel van zijn pijp naar buiten. 'Kijk, het klaart op.'

Het getik op het dak ging over in een gestaag druppelen. Neel veegde haar beslagen ruitje schoon. Hoog in de lucht zaten blauwe vlekken tussen het grijs en de kaarsrechte sloten en beukenhagen tussen de velden draaiden weer weg als de wijzers van een steeds sneller lopende klok. Ze keek ernaar tot haar ogen traanden.

Dat Riek naar het klooster ging had ze indertijd wel begrepen. Die zei op school al dat ze zuster wilde worden en ze bad soms, met een oude rok van moeder over haar hoofd, een dubbele rozenkrans. Maar Gon had zelfs geen geduld voor één rozenkrans. 'Spring-in-'t-veld' noemden ze haar. Want vloog ze in huis niet van het ene klusje naar het andere, dan reed ze wel met de hondenkar door het dorp of was ze bij vader op de werf te vinden. Als ze de paard-en-wagen naar de stal mocht rijden, wuifde ze triomfantelijk vanaf de bok. En toen paard-en-wagen plaatsmaakte voor een vrachtauto klom ze grijnzend achter het stuur. Altijd opgewekt, altijd bezig. Dat was Gon.

Neel depte haar ogen en verfrommelde haar natte zakdoek.

'Zing eens wat daar achterin,' zei vader. 'Dat is beter dan tranen met tuiten huilen.'

Met zuivere stem zette moeder in. '*O reinste der schep-s'len, O moeder en Maagd, Gij, die in uw armen het Jezuskind draagt, Maria, aanhoor onze vurige bêe, Geleid ons door 't leven, o Sterre der Zee.*'

Trijn viel in en stootte haar aan om mee te doen. Aarzelend maar gaandeweg voluit zong ze mee. 'Zingen is vreugde,' had iemand eens gezegd. Ze had het onthouden omdat het waar was. Het draaien in haar hoofd en het zware gevoel op haar borst ebden weg. '*Maria, aanhoor onze vurige bêe, Geleid ons door 't leven, o Sterre der Zee.*'

Zingend reden ze Haarlem binnen. Daar werd het drukker. Van alle kanten kwamen er auto's bij.

'Hup, doos op wielen, schiet eens op,' zei Trijn toen voor hen een chauffeur van een T-Ford de tijd nam om zich door een agent de weg te laten wijzen.

'Jaja, doos op wielen.' Henk viste met twee vingers een sigaret uit zijn borstzak. 'Maar die meneer Ford had het goed voor elkaar. Hij schijnt vijftien miljoen van die auto's gemaakt te hebben. Daar heb je toch niet van terug.'

Terwijl ze met een slakkengang door de stad reden en de mannen doorpraatten over Ford en zijn auto's keken de vrouwen naar een roekeloos door het verkeer zwenkende slagersjongen en een sinaasappeljood die behendig zijn oranje handel omhoogwierp en weer opving. 'Poeh,' zei Trijn. 'Ik kan het met vier ballen.'

Op een straathoek tilde een vrouw een kind op om iets uit de trommel van een Pinda-pinda-lekka-lekka te kiezen. Neel glimlachte toen het kind verrast een kleurige waaier openvouwde, maar ze verstrakte toen ze in een zijstraat het uithangbord zag van de studio waar ze de foto hadden laten maken.

Trijn had het bedacht toen ze in de stad waren voor

de uitzet die Gon meenam naar het klooster. Ze hadden het voorgeschreven schortengoed en ook de twintig meter graslinnen voor de lakens bij Vroom gekocht en toen ze, onderweg naar de tram, de grote, onhandige pakken even lieten rusten op een vensterbank en er zelf naast gingen zitten, wees Trijn naar de overkant. VAN DER VLERK'S FOTO GROOTSTE EN GOEDKOOPSTE. 'Weet je wat we doen?' vroeg ze.

En zo was het gekomen. Met zijn drieën op de foto, hun hoofden dicht bij elkaar en vrolijkheid veinzend, want over een week zou Gon achter de kloostermuren verdwijnen. Toen ze een paar dagen later de foto ophaalde, schreef Trijn hun namen en leeftijden achterop, alsof Gon zou kunnen vergeten wie ze waren. Trieneke 19 jaar, Nelleke 28 jaar, Gonneke 27 jaar. Nogal overdreven vond Neel, zo noemden vader en moeder hen niet eens. Maar ze zei er niets van, net zomin als Gon, die de foto in een mapje stopte en bij haar spullen legde.

'Kijk daar eens.' Moeder wees naar een lange rij stempelaars op de stoep. 'Dat zie je toch niet op Hillegom.'

'Jan met de pet,' zei Henk.

Vader zette zijn bolhoed nog eens recht en Trijn galmde: 'Bij mier biest doe sjeun, we trekken van de steun...'

Neel en Henk schoten in de lach, maar moeder zei: 'Maak er maar geen grapjes over. Je weet nooit hoe het loopt in het leven.'

De beslissing was uit de lucht komen vallen. Gon had het verteld toen ze terugkwam van de Mariacongregatie. Ze was penningmeesteres van het bestuur en vergaderde wekelijks met de kapelaan.

Het was een gewone woensdagavond. Ze zaten rond de tafel onder de lamp. De KRO-uitzending was net afgelopen. Vader zette de radio uit en Henk pakte een stok kaarten voor een spelletje eenendertigen met Trijn. Moeder verstelde een hemd en Neel stopte een gat in de hiel van een zwarte sok. Een groot gat. Haar vuist kon er bijna doorheen.

Buiten knerpte het grind. 'Ha,' zei moeder. Ze had al een paar keer op de klok gekeken. 'Daar is Gon.'

Even later kwam ze de kamer binnen op de Gonmanier. Een beetje onverschillig. Haar haar piekte en een paar schuifspeldjes hingen op halfzeven in haar nek. De kraag van haar jurk zat scheef en was verkreukeld. Die had zeker opgepropt gezeten onder haar jas die ze, vast en zeker, zo op de kapstok had gemikt in plaats van hem netjes op een knaapje te hangen.

Ze trok een stoel onder de tafel uit, plofte neer en zei: 'Ik ga volgende week kennismaken in Heiloo.'

Moeder trok wit weg, vader liet zijn krant zakken en Henk, Trijn en Neel staarden haar aan. In Neels buik zakte een steen weg.

'In het klóóster van Heiloo?' riep Trijn. 'Bij de Julianazusters?'

Gon knikte en haar gezicht verkrampte alsof ze niet goed wist of ze moest huilen of lachen.

Neels hand, met de stopnaald er nog in, begon zo te trillen dat ze in haar duim prikte. Verstard staarde ze naar de opwellende druppel bloed.

'Dus toch!' zei moeder.

Trijn keek van de een naar de ander. 'U wist er al van?'

'Dat is te zeggen...' Met bevende handen vouwde moeder het hemd op. 'Ik wist dat ze ermee rondliep en er met meneer kapelaan over ging praten.'

'Wat zegt hij ervan?' vroeg vader met een stem die even haperde.

Gon trok met een vinger het patroon van het tafelkleed na en gooide toen haar hoofd in haar nek. 'Hij zegt dat het echt iets voor mij is. Je moet daar aanpakken. De Juliaantjes doen goed werk, hoor. Dat weten jullie toch?'

'Hier kun je ook je handen laten wapperen,' zei moeder.

'Maar niet zoals daar. Want daar werk je in gezinnen waar het nódig is, waar een moeder ziek is of in de kraam ligt. Ze laten je er ook leren. Sommige zusters worden baker.' Het was even stil. 'Dus...' Gon haalde diep adem, alsof ze een aanloop nam. 'De kapelaan heeft een brief geschreven aan de overste en die heeft teruggeschreven dat ik volgende week kan komen. Vrijdag tussen twaalf en drie. Om kennis te maken.'

'Maar waarom?' vroeg Neel schril. 'Waaróm? Je hebt toch geen roeping?'

'Die heb ik wél,' zei Gon en haar gezicht verkrampte weer. 'Maar ik wou het niet en ik wou het niet.'

‘Huilde je daarom ’s nachts?’

‘Eén keer maar.’ Gon schokschouderde. ‘Toen ik Koos had afgezegd.’

Vader zocht zijn pijp, maar schoof hem weg toen hij hem gevonden had. ‘Ik had het liever anders gezien. Koos en jij... jullie waren...’ Hulpzoekend keek hij op. ‘Hoe noemde de kapelaan het ook alweer, vrouw?’

‘Een prachtspannetje,’ zei moeder prompt. ‘Dat zei de kapelaan over jullie. Een prachtspannetje! Zoals je er helaas zelden meer ontmoet. Dat zei hij er ook nog bij.’

‘En toch wou ik hem niet. Ik ben voor iets anders bestemd.’ Gon keek de kring rond. ‘Zo voel ik het nu eenmaal.’ Ze liet haar handen op tafel vallen alsof ze het niet kon helpen.

‘Arme Koos,’ zei Trijn. ‘Hij had nog steeds hoop, hoorde ik.’

Gon vertrok haar mond. ‘Laten we maar bidden,’ zei ze met een blik op de klok. ‘Het is er zowat tijd voor.’ Ze gleed op haar knieën en vouwde haar handen.

‘Nee... wacht...’ zei Trijn. ‘Hoe kan jij... hoe kan jij nou...?’ Voor het eerst van haar leven leek ze geen woorden te vinden.

‘Bidden!’ zei moeder en schoof resoluut een kussentje naar vader, die erop knielde en zijn gezicht in zijn handen verborg. Ook de anderen knielden, hoewel Henk en Trijn nog steeds keken alsof ze water zagen branden en Neel achter haar gevouwen handen zo hard op haar kiezen beet dat het pijn deed.

Moeder pakte de rozenkrans uit het zilveren doosje

op de schoorsteen en zocht steun bij de stoel waarvoor ze knielde. 'Wees gegroet, Maria vol van genade, de Heer is met U...' Haar stem was onvast maar werd sterker naarmate ze meer kralen van de rozenkrans door haar vingers liet glijden.

En zo baden ze samen, net als elke avond, het rozenhoedje. Drieënvijftig Weesgegroetjes en vijf Onzevaders. En net als elke avond stond na afloop het patroon van de kokosmat in hun knieën gekerfd. Maar Neel had na deze avond het gevoel dat er ook iets in haar ziel gekerfd stond. Iets wat nooit meer zou verdwijnen. Een kwaadheid die in haar borst schroeide, haar adem opjoeg en al haar bewegingen heftiger maakte.

Toen Gon een week later terugkwam van het gesprek en met stralende ogen vertelde hoe het was gegaan, vluchtte Neel naar boven, naar de twijfelaar waarin ze samen sliepen.

Gon kwam haar achterna en ging naast haar op de bedrand zitten, haar handen berustend in haar schoot.

'Ik snáp het niet,' riep Neel. 'Je houdt niet eens van bidden. Je raffelt je Weesgegroetjes af en met je ochtendgebed ben je zo klaar. En... en... je hebt altijd jongens achter je aan. En op het ijs...' Ze wees naar de schaatsen die Trijn alvast van zolder gehaald had omdat er vorst voorspeld was. 'Op het ijs... Vorig jaar was je met Jan en alleman aan de zwier.'

'Ach... een ijsvrijer houdt niet lang, zeggen ze toch?'

'Ik schaamde me gewoon voor je. En nu wil je opeens...' Haar stem sloeg over en machteloos bonkte ze met haar vuisten op haar knieën.

Gon pakte de schaatsen die boven op de kast lagen. Ze haalde ze uit het krantenpapier, gleed met een behoedzame vinger over de scherpe ijzers en legde ze in Neels schoot. 'Hier! Ze zijn beter dan die van jou.' Bijna onmerkbaar haalde ze haar schouders op. 'En ik heb ze niet meer nodig.'

Met één beweging veegde Neel de schaatsen weg. Dof bonkten ze op het zeil. Ze schopte ze onder het bed van Trijn. In de stilte sloeg de kerkklok. Zeven uur.

Zwijgend haalde Gon de schaatsen onder het bed uit en pakte ze weer in. Heel voorzichtig en precies, alsof het verweerde hout en de stugge leren banden in glas waren veranderd. Met één hand op het pakje en de andere op Neels arm pleitte ze: 'Toe nou, Neel. We blijven toch zussen? En je kunt toch schrijven? Ik schrijf je terug.'

'Jaja, net als Riek. Eén keer per maand.'

'En je komt op bezoek, twee keer per jaar. Ik ben toch niet dood?'

'Het scheelt niet veel,' schamperde Neel. 'We hadden plannen, weet je nog? Jij zou met Koos trouwen en ik met... nou ja, met iemand anders, er zal heus wel iemand om me komen. En onze kinderen zouden samen spelen en wij zouden samen... nou ja, ik weet niet... wat we nu ook doen. Een jurk naaien, de inmaak, de Mariacongregatie... wandelen... fietsen.'

'Dat kun je toch ook met Trijn doen?'

'Trijn is anders! Trijn maakt overal gekheid van en ze heeft een sleep vriendinnen. Ik niet. Ik heb alleen Catrien nog, want Sjaan zit ook al daar. Dáár!' Ze braakte het woord uit. 'In Heiloo!'

Ze wreef in haar ogen om de tranen tegen te houden. Van Sjaan had ze ook hartzeer. Maar toen die vorig jaar intrad, was ze erop voorbereid geweest. Want Sjaan vertelde haar alles, vanaf het moment dat ze roeping voelde tot het moment dat ze de knoop doorhakte. En van haar had ze het altijd verwacht, omdat ze niet wilde trouwen maar een vak wilde leren. Daar zorgde het klooster voor. Bovendien was Sjaan wég van de preken van de kapelaan en zag ze het als eerste als hij een nieuwe spreuk op het bord achter in de kerk geschreven had. Toch schrijnde de lege plek nog steeds. Vooral bij het koor. Sjaan had een stem om op te leunen en bij de bladmuziek wist ze altijd precies waar ze moesten invallen. Dan gaf ze je een stootje.

Opeens huilde ze. Heftige snikken kropten in haar keel en verstikten haar stem. En opeens huilde Gon ook. Heel kort, en toen veegde ze haar ogen droog en legde de schaatsen terug op de kast. 'Ziezo! Dat hebben we gehad.'

Ze pakte Neels schouders en draaide haar naar het kruisbeeld boven hun bed. 'Ik doe het voor Hem,' wees ze. 'Het is Zijn wil. Ik heb gebeden of ik niet hoefde, maar Hij blijft trekken. En nu wil ik het zelf ook.'

'Maar ik niet,' snifte Neel.

'Je moet dit voor Onze Lieve Heer overhebben, zus.

Hij heeft ook zoveel voor ons overgehad. Hij heeft zijn leven geofferd, weet je nog? Voor de mensen. Kunnen wij dan weigeren wat Hij van ons vraagt? Juist de moeilijke dingen, daar gaat het om. Die tellen voor Onze Lieve Heer...'

Stilletjes zaten ze naast elkaar totdat Neel vermoeid knikte, haar tranen wegveegde en zichzelf overeind hees.

Samen trokken ze de sprei op het bed weer glad en strak.

Later hielp ze Gon met de spullen die ze meenam naar het klooster. Van moeder-overste had ze een lijst gekregen. Verbluft bekeken ze die. Zes nachtjaponnen, zes onderjurken, zes hemden. Twee zwarte japonnen, zes el zwarte stof, vijf meter zwart sanella, twee korsetten.

'Zouden die ook zwart moeten zijn?' vroeg Gon.

'Onzin!' zei moeder. 'Die bestaan niet eens.'

Voor het beddengoed en de schorten moest er stof mee. 31 meter geel keper, 25 meter wit cheems, 20 meter graslinnen. En linnen knopen niet te vergeten. 72 in totaal. En verder 6 paar zwarte kousen, 24 knotjes breikatoen, 24 zakdoeken.

Ze kochten en verzamelden en Gon telde het allemaal 24 keer na.

En dan nog schoenen, handschoenen, een paraplu – ook zwart natuurlijk –, heilige boeken en, o ja, een fiets. Vader gaf haar een nieuwe. Met een nieuwe tas erop. Daar had moeder achteraan gezeten. Die wou natuurlijk niet dat ze daar met aftandse spullen kwam aanzetten.

Bij elke doos of kist die klaar kwam te staan in de gang werd Neels hart zwaarder en ze was bijna opgelucht toen alles in de vrachtwagen werd geladen en de gang weer zijn gewone aanzien kreeg. Ze haalde er een dweil door om de laatste sporen te wissen.

Vader, moeder en Henk brachten Gon weg. Ze zwaaide de auto na totdat hij om de hoek verdween en rende daarna naar boven om naar de lege planken in hun kast te staren en op haar vingers te bijten om niet te janken. Net zo lang tot Trijn bovenkwam met haar jas, haar sjaal en haar handschoenen. 'Tijd voor een ommetje, Kneel. Anders ga ik ook janken.'

Ze liepen de straat uit, langs de lege weilanden en de kale bollenvelden waarop nog geen sprietje groen te zien was. Het was januari, de gure wind blies dwars door hun jas, en toen ze thuiskwamen waren ze tot op het bot verkleumd.

Een paar uur later kwamen vader en moeder terug. Vader zei niet veel. Hij pookte de kachel op en zei dat Koos op de brug had gestaan om hen na te kijken. Hij leek het niet te willen geloven.

Moeder leek in die ene middag jaren ouder geworden. Haar gezicht was nog bleker dan anders en haar stoel, die ze zo dicht mogelijk bij de kachel schoof, oogde opeens te groot voor haar. 'Nu ben ik drie dochters kwijt,' zei ze. 'Drie! Ik hoop dat Onze Lieve Heer weet wat Hij doet.'

'Dat is een bof,' zei vader toen de pont afvoer, nog geen vijf minuten nadat ze erop waren gereden. Ze stapten allemaal uit. Even de frisse lucht inademen en de stijve spieren strekken. Zelfs vader stapte uit en liep aan moeders arm een paar stappen, zijn vergroeide hand stevig om zijn stok geklemd. Een windvlaag nam zijn hoed bijna mee. Moeder kon hem nog net grijpen.

Trijn wurmde zich tussen de auto's en de fietsen door naar voren om Piet en Jan te zoeken. Onderweg hadden ze hen niet gezien. Even later joelde ze vanaf de voorkant van de pont. 'Hiero! Hier staan ze!'

Vader en moeder stapten weer in de auto, het was toch te fris voor vader, maar Neel en Henk voegden zich bij hun broers en bij Rie, de vrouw van Jan. Piets vrouw Dora was er niet bij. 'Ze past op de zaak vandaag,' grapte Piet.

Met zijn zessen leunden ze over de reling van de pont en keken naar het woelige water van het Noordzeekanaal en naar het huizenhoge schip dat richting Noordzee voer.

Hardop las Henk de naam van het schip. '*Diskoverie*.'

'Zie je die sterren en strepen?' wees Piet. 'Dat is de Amerikaanse vlag.'

'Misschien zitten jullie bollen er wel in,' zei Trijn.

'Het zijn niet ónze bollen, zus. We vervoeren ze alleen maar.' Piet tikte grijnzend tegen zijn hoed. 'Gebroeders Zandee. Voor al uw vrachtvervoer.'

'Maar ze gaan wél naar Amerika, toch?'

'Af en toe. En als de handel weer aantrekt nog vaker,

wat mij betreft.' Hij maakte zich breed in de schouders.

Trijn zuchtte dwepend en zwaaide naar de mensen die hoog op de boot, als een rij uitgeknipte poppetjes, met hun handen boven hun ogen naar het langsglijdende land tuurden.

'Doe niet zo gek!' zei Neel. 'Je kent die mensen niet eens.'

'Nou én? Ik mag ze toch wel uitzwaaien? Ze gaan naar de andere kant van de wereld!'

'Daarmee vergeleken is Heiloo een kippeneindje. Wat jij, Kneel?' Piet sloeg een hand op haar schouder. 'Wij zien onze Gonda tenminste nog eens.'

De pont stootte tegen de wal en ze stapten weer in de auto. Nu was het nog een halfuurtje, zei Henk.

Net als Koos kon Neel het de eerste weken niet geloven. Bij het tafeldekken zette ze zes borden klaar en regelmatig dacht ze: straks even aan Gon vragen, of: dat moet ik Gon vertellen. 's Nachts schrok ze wakker in een leeg bed en als ze dan niet meer in slaap viel, dacht ze aan alles wat haar in Heiloo zou tegenvallen. Urenlang bidden, geen bezoek van thuis, alleen slapen. In een cel nota bene. Alsof het een gevangenis was. Ze zou het er vast niet lang uithouden.

Toen Toos van Tricht op een zondagmiddag weer opdook bij de Mariacongregatie, sprong haar hart op. Toos zat toch ook in Heiloo? Twee maanden geleden was ze ingetreden, een paar weken voor Gon. Het leek wel een besmettelijke ziekte. In het afgelopen jaar waren er al vijf meisjes van de Mariacongregatie naar het klooster gegaan.

Bij de kapstokken dromden de meisjes om Toos heen. 'Ben je weer terug? Waarom? Ik dacht het wel. Dus toch?' De stemmen gonsden door de hal van het patronaatsgebouw.

Fluisterend begon Toos te vertellen. Het was té zwaar. Je moest de hele dag zwijgen. Alleen na het eten mocht je een halfuurtje samen praten. En alles moest volgens de regels.

Neel drong zich naar voren om het beter te horen.

'Je moet je boterham in zessen snijden en niet in vieren. Je moet je tandenborstel met de haren omhoog in het glas zetten. Je moet je nachtjapon met de gesloten kant naar voren op je opgemaakte bed leggen.' Toos wierp een schuine blik naar de zaal waar de kapelaan op hen wachtte. 'En o wee als het niet precies tegen de zoom van het laken ligt. Dan krijg je een veeg uit de pan.' Ze keek de anderen aan en hief haar handen. 'Wat kan het Onze Lieve Heer schelen dat mijn nachthemd scheef ligt?'

'Maar het gaat toch om de versterving?' vroeg Catrien van Nieweg. 'Je moet toch net als Jezus het kruis opnemen? Al is het maar een klein beetje?'

'Dat is zo,' beaamde Toos. 'Daarom is er ook de regel van het zwijgen en van het rechtop zitten in de kapel, ook al breekt in het begin je rug bijna in tweeën. En dat je op een bepaalde manier moet knielen en lopen en bidden, dat snap ik ook wel. Dat hoort bij het leven van een non. Maar...' Ze begon weer te fluisteren. 'Ik mag toch zélf wel weten hoe ik mijn voeten was?'

'Schrijven ze dat óók voor?'

Toos telde af op haar vingers. 'Eerst inzepen, dan wassen, dan afspoelen en dán pas afdrogen.' Iedereen lachte en Toos mompelde: 'Alsof je een kleuter bent.'

'Hoe vindt Gon dat dan?' vroeg Neel. Haar hart bonkte in haar borst.

'Gon redt het wel,' zei Toos en er trok opeens een spijtig lachje over haar gezicht. 'Zíj wel. Zij kan ertegen.'

'Jongedames!' De kapelaan stond in de deuropening en klapte in zijn handen. 'De bijeenkomst is binnen. Niet hier in de gang.'

Het bidden en het zingen en ook het verhaal dat de kapelaan voorlas, gingen grotendeels aan Neel voorbij. Zou Gon het allemaal verdragen? Zitten tot haar rug bijna brak? Haar nachthemd heel precies opvouwen? Vroeger propte ze dat onder haar kussen. Er stroomde een vleugje hoop in haar hart.

Na de bijeenkomst liep ze, net als anders, op met Catrien, die haar de oren van het hoofd praatte over haar nieuwe gebit. Een paar weken lang had ze achter haar hand gepraat omdat al haar kiezen en tanden waren getrokken, maar nu kon ze weer voluit meezingen en meebidden. Neel bewonderde haar nieuwe mond en geneerde zich dat ze die niet eerder had opgemerkt. Ze had alleen maar aan Toos en Gon gedacht.

'Wat vond jij van Toos?'

'Geen ruggengraat,' zei Catrien ferm. 'Ze geeft het na

drie maanden al op. Dat zou mij...' Ze stond abrupt stil, knoopte haar sjaal wat vaster en gaf Neel een arm. 'Gon heeft wél ruggengraat. Dat is een taaie. En sterk in haar geloof.'

'Maar kan ze de hele dag haar mond houden?'

Catrien schaterde. 'O, wat zal dat moeilijk voor haar zijn.'

Het vleugje hoop in haar hart groeide, al zou ze dat nooit durven biechten. Vanaf die dag lette ze nog scherper op de brievenbus dan ze al deed en als ze het knerpen van het grind rond het huis hoorde, vloog ze naar het raam of de achterdeur. Elke keer voor niks.

Op de derde zondag na Gons vertrek stond er een stevige wind, een storm bijna. Op weg naar de kerk hield ze met twee handen haar hoed vast. Als hij wegwaaide, moest ze naar huis voor een daagse hoed, want meneer pastoor stuurde je ijskoud de kerk uit als je niets op je hoofd had. Het verhaal ging dat hij zelfs een keer over een paar banken was geklommen om een meisje terecht te wijzen.

Tijdens de preek dwaalden haar gedachten af. Het zou fijn zijn om straks een stevige wandeling te maken. Door de duinen achter de Zilk en over Bennebroek weer terug. Lekker tegen de wind optornen of als een veertje vooruit geblazen worden. Zoals vroeger met Gon.

Ze hief haar hoofd, haar kin naar voren. Ze kon zo'n wandeling ook met Catrien maken. Straks even vragen. Meestal was ze ook in deze mis.

Een halfuur later stond ze duizelig van ongeloof en verbijstering op het kerkplein. Catrien was ook bij de Juliaantjes ingetreden. Ze staarde naar Martha, de zus van Catrien, die het vertelde: 'Ze heeft het tot het allerlaatst geheimgehouden. Alleen wij thuis wisten het, maar we mochten het tegen niemand zeggen. Weet je waarom?' Martha maakte een machteloos gebaar. 'Ze wilde geen heilig boontje lijken! Zelfs op de Mariacongregatie heeft ze het voor zich gehouden.'

Ze stond nog aan de grond genageld toen Martha al wegliep en het was alsof er een loden gewicht op haar schouders viel. Nu was ze ook haar laatste vriendin kwijt.

Een paar weken later kwam Gons eerste brief. Hij lag op tafel toen ze thuiskwam. Haar ogen vlogen over de regels.

Beste vader, moeder en allemaal,

Hartelijk dank ik u voor uw gezellige brief en voor het blikje met de Haarlemmer halletjes. We hebben er allemaal van genoten en het blikje staat nu op ons theeblad in de keuken. Voor de lepeltjes.

Gaat het goed met jullie? Hoe is het met vaders reuma en met uw verkoudheid, moeder? Ik bid dat het goed gaat met u en met de anderen. Neel en Trijn zullen wel blij zijn nu ze boven de ruimte hebben. En poetst Henk nog elke dag de wagen?

Ik maak het best en ben zo gezond en gelukkig

als 't maar kan. Nu zeg ik gedag. We mogen in de vastentijd niet schrijven, maar daarna hoort u weer van me. De groeten van uw dankbaar en liefhebbend kind en zuster Gon.

Ze liet de brief op tafel vallen. 'Zo gelukkig als 't maar kan.' Helemaal geen woorden voor Gon. Had ze die brief zelf geschreven? Het was wél haar handschrift.

Moeder kwam de kamer binnen en zette een volle theepot op de kachel. 'Fijn hè, die brief? Ze heeft het best naar haar zin. Ik was bang dat ze ons zou missen, maar daar schrijft ze niet over. En dat blikje komt daar mooi van pas.' Ze las de brief nog eens over, zette hem tegen het Mariabeeld en pakte de theepot. 'Kom, wij nemen een kop thee, met een biscuitje. Omdat ik wat geruster ben.'

Na twee maanden kwam de volgende brief en daarna nog een paar. Ze leken allemaal op elkaar. 'Als je er een hebt gelezen, heb je ze allemaal gelezen,' zei Henk. Moeder gaf hem een draai om zijn oren, zo groot als hij was.

Bij elke brief verdween iets van haar hoop dat Gon zou terugkomen. In de brief van juli schreef ze dat ze in augustus ingekleed zou worden. Ze mochten allemaal komen. 'Dan zien jullie me als novice. Ik kan niet wachten tot het zover is.'

Trijn trok aan de glimmend gepoetste deurbel. Ergens ver weg klonk de klingel.

Neel liet haar blik langs het klooster gaan. Dus achter deze hoge muren, deze blinde ramenrijen, deze zware eikenhouten deur was Gon opgesloten. *Help haar, moeder Maria*.

De zuster die opendeed, ging hen voor door een lange gang naar een vertrek met een planken vloer en vensters van matglas. Een kruisbeeld boven de deur was de enige versiering. 'Gaat u zitten. Het duurt niet lang meer. Monseigneur is bij de laatste zegen.'

'Mon... wie?' vroeg Trijn toen de zuster de deur zachtjes maar stevig had gesloten.

'De bisschop,' zei vader. 'De mis wordt door de bisschop gedaan. Dat was bij Riek ook.'

Hun stemmen klonken hol tegen de houten vloer en de lege wanden. Neel huiverde en wreef haar ijskoude armen. De zuster had hun jassen meegenomen.

Ze wachtten op wat er komen ging. Moeder knipte de beugel van haar tas een paar keer open en dicht en Piet pakte zijn pijp en tabak maar stopte die weer weg toen Rie hem aanstootte. 'Er staat geen asbak.'

Nerveus veegde Neel haar handen droog. Een halfjaar had ze Gon niet gezien. Soms leek het veel langer.

Trijn klopte op het hout van de tafel. 'Kale boel hier,' fluisterde ze. 'Geen eens een kleed op tafel.'

'Sssst...' waarschuwde moeder en keek naar de deur. Vader haalde zijn horloge tevoorschijn en stopte het weer weg. Trijn stond op, drentelde de kamer rond en ging weer zitten om aan de ceintuur van haar jurk te plukken, net zo lang tot er een paar draadjes loshingen.

'Hou eens op,' zei moeder. 'Die jurk heeft negenentwintig gulden gekost.'

Opeens waren er stemmen in de gang. De deur ging open voor een kleine non met een lange, zwarte sluier.

Moeder ging haastig staan, vader hees zich overeind en steunde op de tafel. 'Moeder Agatha,' groette hij.

Neel was verbaasd. Ze had een statige, eerbiedwaardige moeder-overste verwacht, niet een jonge, kwieke non met een vrolijke twinkeling in haar ogen die opgetogen haar handen ineensloeg. 'De familie van zuster Claudia!'

'Nee,' zei Trijn. 'Van Gon.'

Moeder-overste lachte: 'Nee, nee, van zuster Claudia.' Ze wenkte iemand in de gang en hield de deur wijd open.

En daar was Gon. Glunderend, maar haar handen frunnikten aan de lange rozenkrans om haar middel.

Neels adem stokte. Alleen het gezicht en de handen waren nog van Gon. De rest was verborgen onder een zwart habijt en een witte sluier met een kapje dat diep over haar voorhoofd was getrokken.

Ze staarden haar allemaal aan. Pas toen vader moeder een duwtje gaf, stapte moeder naar voren. 'Dag kind.'

'U mag haar begroeten en feliciteren, hoor,' lachte moeder Agatha.

Ze verdrongen elkaar om Gon een hand te geven. Trijn en moeder gaven haar ook een kus, maar Neel was nog zo beduusd dat ze haar alleen de hand schudde en toen een stap achteruit deed. 'Wat ben je...' Ze wist niet hoe ze het moest zeggen. '...anders,' zei ze toen maar.

'Een echte novice,' zei moeder Agatha. 'Op weg om een waardige bruid van onze Heer Jezus Christus te worden.' Bedrijvig gebaarde ze naar de stoelen. 'Gaat u weer lekker zitten. Zuster Claudia blijft hier voor een kopje koffie. Straks neem ik haar weer mee.' Ze trok de deur dicht en haar snelle voetstappen stierven weg in de gang.

'Nou, daar ben je dan,' zei vader.

Gon draaide om haar as. De zwarte rokken ruisten om haar heen. 'Hoe vinden jullie me?'

'Het staat je goed,' zei Rie.

'Veel non, weinig Gon,' grijnsde Henk.

Gon balde haar vuist. 'Pas op, jongetje.'

Iedereen lachte en vader zei tevreden: 'Zo kennen we je weer.'

Moeder greep haar arm. 'Hoe gaat het, kind? Hou je het vol? Wat doe je de hele dag? Hoe... hoe... was de plechtigheid?' Ze struikelde over haar woorden.

Gon trok zachtjes haar arm los en pakte een stoel. 'Als we eerst eens gingen zitten.'

'Vertel nou,' drong ook Trijn aan toen Gon niets zei en alleen van de een naar de ander keek alsof ze zich afvroeg wie ze waren. Ze schudde verwonderd haar hoofd. 'Wat zien jullie er kleurig uit.'

'Keurig?'

'Nee, kleurig.' Ze lachte. 'Ik was vergeten dat je ook blauwe jurken hebt, en groene en jurken met bloemetjes. Ik heb zes maanden alleen maar zwarte jurken gezien.'

'Ben je helemaal niet buiten geweest?'

'Alleen in de tuin, hierachter.' Ze wees met haar hoofd. 'Daar hebben we recreatie en we doen er onze oefeningen. Geestelijke oefeningen,' verduidelijkte ze toen ze de opgetrokken wenkbrauwen zag. 'Dat was vreemd in het begin. Lopend bidden en lezen.'

'Moet je de hele dag je mond houden?' vroeg Neel. 'Dat zei Toos.'

Gon verschoof wat aan de kap op haar hoofd. 'Zo gek. Ik hoor jullie stemmen van een afstand. Alsof jullie heel ver weg zijn. Wat vroeg je? Of ik mijn mond moest houden?' Ze pufte. 'Ik ben het aan het leren. Het is best moeilijk. Voor je het weet zeg of vraag ik wat. Maar de anderen ook, hoor. En daar lachen we dan om. Soms.' Het laatste woord slikte ze in. Ze schoof haar stoel dichter bij de tafel. 'Maar hoe is het met jullie? Waar is Dora en hoe is het met de reuma, vader?'

Het gesprek zwenkte van het ene onderwerp naar het andere en als iemand iets over het kloosterleven vroeg, gooide Gon het snel over een andere boeg, alsof ze bij zichzelf dacht: dat snappen jullie toch niet.

Pas toen moeder wilde weten hoe de inkleding was geweest, ging Gon er eens goed voor zitten. 'We liepen in een stoet de kapel binnen. Eerst de bisschop met de misdienaars en het Kruis, dan moeder-overste en daarachter wij.'

'Wie zijn wij?' vroeg Trijn zakelijk.

'De vier postulanten. We liepen twee aan twee. Ik naast Catrien. En we droegen allemaal een brandende kaars. Zo mooi!'

'En toen?'

'Toen mochten we knielen op het priesterkoor en daar werden we gezegend. O nee, we waren al eerder gezegend, bij de ingang van de kapel. Maar later nog een keer en de kapjes en de sluiers ook, vlak voordat moeder die op ons hoofd zette en we dus echt novice werden. En toen noemde moeder onze naam.' Haar ogen glansden. 'Dat was het mooiste moment.'

'En nu heet je dus... Claudia.' Piet proefde de naam. 'Hoe komen ze daar nou bij?'

'Ik heb er zelf om gevraagd. Je mocht van tevoren een paar namen opgeven, maar je moet afwachten welke je krijgt. Ik heb de mooiste gekregen! Van de heilige Claudius. Er staat iets van hem in ons gebedenboekje.'

Ze ging staan en frommelde in de plooien van haar habijt, eerst aan de ene, toen aan de andere kant. 'Potverdikkie,' mompelde ze. 'Er zit toch een split in?'

Lachend hielp Trijn haar zoeken. Uiteindelijk diepte Gon een zwart boekje op en bladerde het door. 'Luister! *Mijn God, ik ben zo diep overtuigd, dat Gij waakt over hen, die op U hopen, en dat ons niets kan ontbreken, indien wij alles van U verwachten, dat ik besloten heb, om in het vervolg zonder enige bekommering te leven, en al mijn zorgen op U over te dragen.* Zo wil ik leven,' besloot ze en stopte het boekje weer terug.

'Moet je de hele dag bidden?' vroeg Trijn.

'Ben je mal? We hebben toch ons werk?'

'In de gezinnen?'

'Nog niet. Eerst hier in huis. Ik sta nu in de wasserij.

Je krijgt steeds een andere taak. Ik heb ook al in de keuken gestaan en in de hostiebakkerij. Het werken in de gezinnen komt nu pas, in het noviciaat. Het postulaat was om te wennen, aan de regels, aan het vroege opstaan, en aan het werken op de bel.' Ze beet op haar lip alsof ze te veel had gezegd.

'Ze laten je dus alle hoeken van de kamer... eh... van het klooster zien?'

Gon lachte maar keek Piet, die de vraag gesteld had, even scherp aan. 'Dat hoort erbij. We zijn op proef. Eerst maar eens zien of we het in ons hebben om een Juliaantje te worden. Weet je hoe ze ons hier in het dorp noemen? De nonnen met de schorten! Leuk hè?'

'En... heb jij het in je?' Vader boog zich voorover, zijn hand achter zijn oor om het antwoord te horen.

'Ik hoop het,' zei Gon. 'Ik hoop het van harte.'

Over de tafel heen legde vader zijn hand op die van Gon. Hij slikte zichtbaar. 'Dan zal ik bidden dat je het volhoudt.'

Neel wilde zeggen dat zij dat ook zou doen, maar de woorden bleven steken in haar keel. Hoe kon ze bidden dat Gon hier bleef? Nu was ze nog novice, maar over een paar jaar zou ze haar tijdelijke geloften afleggen en daarna haar eeuwige. Moest ze daarvoor bidden? Eeuwig. Het woord was een bijl. Weer een zus afgehakt.

De anderen leken haar gedachten te raden, want er viel een stroeve stilte, maar de koffie die een medezuster binnenbracht maakte de tongen weer los. Iedereen praatte door elkaar. Gon zat er wat stilletjes tussen alsof ze zoveel lawaai ontwend was. Ze prutste nog eens aan haar kap, waarbij een sliert haar tevoorschijn kwam die ze haastig wegstopte.

Ze was dus niet kaalgeschoren, dacht Neel. Onder de kap en het habijt was ze nog gewoon Gon. De stemmen om haar heen vervaagden en even stelde ze zich voor hoe Gon de kap van haar hoofd trok en 'gefopt' riep. En dan stikte van de pret omdat ze iedereen erin had laten lopen.

'Maar mis je ons niet, Gon? Je bent hier helemaal alleen.'

De stem van Trijn bracht haar terug in de kamer en de fantasie verdween even snel als hij was opgekomen toen Gon antwoordde. 'Alleen? Met negenendertig zusters? En met Sjaan en Catrien? En met moeder Agatha niet te vergeten.'

Moeders mond verstrakte. Ze knipte de tas op haar schoot open en weer dicht. Het geluid klonk scherp in de plotselinge stilte.

'Ze kan ook streng zijn, hoor,' zei Gon. 'Maar dat geeft niet. Dat ben ik wel gewend van moeders.' Ze knipoogde zodat moeder in de lach schoot.

'Wij missen jou wél,' zei Trijn.

Vader zond haar een waarschuwende blik, maar Gon had het gehoord. Even leek er een barst te komen in haar kalmte. Haar gezicht vertrok en ze beet op haar lip. 'Voor jullie is het ook een offer.'

'Ook?' vroeg Trijn.

Gon ging rechtop zitten. 'Onze Lieve Heer vraagt dit

van mij. Ik heb maar te gehoorzamen.' Het klonk alsof ze het uit haar hoofd had geleerd.

'Zo is dat,' zei moeder Agatha die juist binnenkwam. 'We doen Gods wil.'

In de verte ging een bel. Gon stond abrupt op en liep naar de deur.

Moeder Agatha fronste en hield haar tegen. 'Je loopt een beetje mank. Dat viel me in de kapel ook al op. Wat is er aan de hand?'

'Mijn schoenen knellen, moeder.'

'Je hebt ze zelf gekozen, zuster,' zei moeder Agatha kortaf. Ze strekte haar rug waardoor ze opeens langer leek en iedereen in de kamer even de adem inhield. 'Je hebt ze gepast en gezegd dat deze goed waren, niet-waar?'

'Ja moeder.' Gon boog haar hoofd.

'Draag ze dan voor Onze Lieve Heer, zuster.' Ze knikte bemoedigend. 'Laat nooit een kans schieten om iets voor Hem te doen.'

Gon zakte even op een knie en boog haar hoofd nog dieper.

Bij het verlaten van de kamer bleef haar rozenkrans achter de deurknop haken. 'Gossiepietje,' zei ze en rukte hem los. De rozenkrans gaf niet mee. Moeder Agatha hielp haar om hem los te maken. 'We hebben nog wat werk om een echte religieuze van haar te maken,' glimlachte ze toen Gon de kamer uit was. 'Maar met hulp van Onze Lieve Heer gaat dat lukken. Ze is uit het goede hout gesneden.'

Bij de maaltijd konden ze kiezen uit twee soorten brood, worst en kaas en er waren krentenbollen en kersen toe. Toch smaakte het niet. Neel had gehoopt om met Gon te eten, maar nu was er net als thuis een lege plek aan tafel, die schrijnde elke keer dat haar oog erop viel.

Ze had ook gehoopt om Sjaan te zien, maar iedere zuster die binnenkwam met een schaal of een kan was een vreemde. Pas toen ze klaar waren en in de garderobe hun mantels terugvonden, klonk een bekende stem achter haar.

'Sjaan!' zei ze blij en draaide zich om. Het duurde een seconde, maar toen herkende ze onder de witte kap haar vriendin van vroeger. Dezelfde brede lach, dezelfde ronde brillenglazen.

Ze schudden elkaar de hand, onwennig. Hadden ze dat vroeger ooit gedaan? Sjaan was de vriendin van school, van het koor en van de fietstochten. Niet van plechtig elkaars hand schudden en elkaar verbaasd bekijken.

Sjaan vond als eerste haar tong terug. 'Ik keek al naar je uit.'

'En ik naar jou. Hoe gaat het met je?'

'In het begin was het vreemd. Maar nu... nu gaat het goed.' Sjaan trok haar schouders naar achteren. 'Je krijgt er hier zoveel voor terug.' Ze begon te ratelen. 'Ik werk in de gezinnen. Ik ben nu in een gezin met alleen maar jongens. Zeven jongens! Het nieuwe kindje is ook weer een jongetje terwijl de moeder zo hoopte dat Onze Lieve Heer een meisje zou brengen. De vader zegt: "Nog even, en ik heb mijn eigen elftal." O, en weet je?' Ze greep Neels pols zoals ze vroeger deed als ze een nieuwtje had. 'Ik mag voor baker leren. Volgende maand begin ik.'

Onder het praten liep ze mee naar de voordeur. Hun schoenen klakten op de stenen vloer.

'Zuster Lidwina,' zei een scherpe stem achter hen.

Sjaan stapte haastig opzij en bloosde donkerrood.

Neel keek om, maar ze zag niets. Er ging alleen een deur dicht. 'Wat is er?'

'We mogen niet in het midden van de gang lopen,' fluisterde Sjaan. 'Dat is hoogmoedig.' Ze glimlachte, maar de tranen blonken in haar ogen. 'Ik moet gaan. De afwas wacht. Dag hoor.' Haastig liep ze verder, vlak langs de muur. Een klapdeur viel achter haar dicht.

Buiten haalde Neel opgelucht adem. Wat een zegen dat ze zelf geen roeping voelde. Ze was er altijd bang voor. Het scheen over je te komen, je kon het niet tegenhouden. En dan had je geen keus meer en zat je je leven lang vast aan een zwart habijt en plompe schoenen. Ze knoopte haar lichtgroene mantel los. De zon was doorgebroken en het was opeens warm. Na enig aarzelen deed ze de jas uit en vouwde hem zorgvuldig binnenstebuiten om hem over haar arm mee te dragen. Het zou jammer zijn als er iets áán kwam. De stof was besmettelijk en ze had er, samen met Trijn, zo haar best op gedaan. Ze had zelfs de knopen met stof overtrokken.

Achter de anderen aan wandelde ze over het bospad naar de kapel en de Heilige Put waar ze Gon weer zouden treffen. Met diepe teugen ademde ze de frisse lucht in. *Alstublieft, Onze Lieve Heer, ik wil alles voor U doen, maar roep me niet. Alstublieft niet.*

Gon wachtte hen op. Over haar habijt droeg ze een zwarte cape en over haar witte novicekap een lange, zwarte sluier. Haar gezicht stak er bleek tegen af.

'Smelt je niet?' vroeg Trijn.

Gon keek omlaag naar haar zwarte rokkenvracht. 'Nog niet,' zei ze bedaard.

'Maar kun je fietsen zo?' hield Trijn aan.

Gon lachte. 'Ik moet het nog proberen. Het zal wel gaan. De anderen kunnen het ook. Je moet alleen oppassen voor je rozenkrans, zeggen ze.'

'Ik dacht dat je samen met ons zou eten,' zei Neel.

'Nee, we eten niet met leken. Wij zaten in de refter, met de zusters uit de andere huizen. Die kwamen voor onze inkleding naar het moederhuis. Zó gezellig. Net een grote familie.' Haar ogen straalden, alsof ze niet kon wachten om terug te gaan.

Neel boog zich over de put om wat geneeskrachtig water te scheppen. Gulzig dronk ze een paar slokken uit het kroesje. Misschien hielp het tegen het plotselinge gevoel dat je in de steek was gelaten en er nu alleen voor stond.

Aan het eind van het bezoek zwaaide een groepje zusters hen uit. Bij het instappen keek Neel nog een keer naar Gon. Ze stond tussen Sjaan en, zag ze dat goed?

Ja, dat was Catrien. Ze aarzelde. Zou ze teruglopen om haar te feliciteren? Ze had haar de hele dag nog niet gezien.

'Kom kind,' zei moeder. 'We moeten gaan. Het is niet anders.'

Ze stapte in. Henk toeterde en de zusters riepen een laatste groet. Hun stemmen zweefden door de open raampjes van de auto naar binnen.

Bij het hek keek Neel over haar schouder. De zusters zwaaiden nog steeds. In haar tranen versmolten ze tot een zwarte eenheid. Precies zoals Gon had gezegd. Eén grote familie.

1945

De brief lag op haar ontbijtbordje. Een witte envelop met een rode postzegel. Bevreemd pakte ze hem op, waarbij ze voelde hoe het bloed naar haar wangen kroop. Ze kreeg nooit post. De berichten van het zangkoor kon je geen post noemen. Dat waren kattebelletjes die zonder envelop of postzegel in de bus werden gegooid.

Maar dit was een echte brief. Met een gestempelde postzegel van zeven cent en haar naam en adres geschreven in zwarte inkt.

'Vooruit, maak hem open,' zei Trijn aan de overkant van de tafel. 'Ik knap van nieuwsgierigheid. En moeder ook.'

'Ik heb hem al gelezen,' zei moeder die bij de aanrecht een brood aansneed.

Ze draaide de envelop om. Op de achterkant stond een onbekende naam met een onbekend adres. 'Waar ligt Voorburg?'

'Een eind weg.' Moeder joeg de zaag door het brood. 'Bij Den Haag.'

'Daar helemaal?' vroeg Trijn verbaasd. 'Wie ken jij daar?'

'Niemand.'

'Dóra kent daar iemand,' zei moeder en schoof de afgesneden boterhammen zo ruw weg dat er een op de grond viel.

Trijn raapte hem op, blies hem schoon en keek verwonderd naar haar moeder. 'Rustig maar, troel. Dora heeft je niets gedaan, toch?'

'Nog niet,' zei moeder binnensmonds.

Met trillende vingers trok Neel de brief uit de geopende envelop. Een gelinieerd velletje papier met een paar regels in hetzelfde handschrift als op de envelop. De letters dansten voor haar ogen en het duurde even voor ze tot stilstand kwamen zodat ze de woorden kon lezen. Toen hun betekenis tot haar doordrong, liet ze de brief vallen alsof ze zich eraan brandde.

Diep in haar lichaam roerde zich iets, dezelfde vreemde sensatie die ze had gehad toen de Canadezen eindelijk de Hoofdstraat binnentrokken en tientallen meisjes de tanks beklommen en de soldaten omhelsden. Zelf bleef ze aan de kant staan en deinsde achteruit toen een soldaat haar wenkte. Maar het lachende gezicht met de groene baret erboven spookte nog dagen en nachten door haar hoofd en elke keer kneep ze haar ogen stijf dicht en bad een Weesgegroet om het kwijt te raken. Zulke gedachten waren zondig.

'Je wordt zo rood als een tomaat,' zei Trijn en boog zich voorover om de brief weg te grissen. '*Beste juffrouw Zandee*,' las ze hardop. '*Ik wil graag kennis met u maken. Ik ben weduwnaar en zoek een moeder voor mijn gezin.'* Ze gaf een kreet van opwinding en raffelde de rest van de brief af. '*Ik heb een tuinderij in Voorburg. Ik heb zeven kinderen. Ik heb uw naam en adres gekregen van mevrouw Wessels, die bevriend is met uw schoonzuster Dora. Hoogachtend P.J. Versteeg.'* Ze zweeg abrupt. In de plotselinge stilte tikte de Friese staartklok de seconden weg.

Neel klemde zich aan de zitting van haar stoel vast omdat het net was alsof ze in stukjes uit elkaar viel. Haar oren suisden.

'Nu ben je zo wit als een laken,' zei Trijn, die haar spraak terugvond. Ze las de brief nog eens over. 'Je moet maar durven.'

'Of ten einde raad zijn.' Moeder strooide een mespunt suiker op een boterham. 'Als je maar weet' – ze schoof de boterham op Neels bord – 'dat je te goed bent voor een weduwnaar met zeven kinderen.' Ze perste haar lippen samen alsof daarmee alles gezegd was.

Neel trok de brief uit de handen van de nog steeds verbluft kijkende Trijn, schoof hem terug in de envelop en daarna in de zak van haar jurk. 'Wie zegt dat?' mompelde ze.

'We hebben nog niet eens gebeden,' zei moeder. Ze sloot haar ogen en sloeg een kruisteken. 'In de Naam van de Vader...'

Werktuigelijk bad ze mee, maar haar gedachten wervelden rond en rond. Een man die om haar kwam. Eindelijk. Om haar, Neel Zandee, zevenendertig jaar oud en hard op weg om over te schieten en tot het einde van haar dagen bij moeder en Trijn te wonen. Ze ademde diep in en het was alsof er iets verschoof in haar borst, iets waardoor ze vrijer kon ademen en waardoor de somberheid die haar al maanden beklemde van haar afgleed.

Eerst was vader overleden, op de eerste dag van wat het laatste oorlogsjaar zou worden. Ze hadden het zien aankomen. Zijn reuma werd steeds erger en de kou in de laatste winter was voor hem niet te harden, hoe ze de kachel ook opstookten met alles wat zich daarvoor leende en hoeveel dekens en kleren ze ook om hem heen wikkelden. Dag in, dag uit zat hij naast de kachel, steeds magerder en grauwer, een verbeten trek om zijn mond en zijn vergroeide handen werkeloos in zijn schoot. 'Ik wou dat je één minuut kon voelen wat ik voel,' zei hij soms.

Het was bijna een opluchting toen hij in het ziekenhuis werd opgenomen en niet lang daarna overleed. Ze begroeven hem naast An en moeder zei: 'Nu ben ik drie dochters én mijn man kwijt.'

Trijn sloeg troostend een arm om haar schouders. 'Riek en Gon bent u toch niet kwijt? Ze zitten in een klooster, maar ze léven.'

Als ze toen hadden geweten wat er met Riek zou gebeuren...

Riek werkte in Amsterdam op een bewaarschool. Ze kwam één keer per jaar naar huis, maar ze mocht elke maand bezoek ontvangen en daar was ze die laatste oorlogswinter maar wat blij mee, want het bezoek bracht altijd iets te eten mee. In Hillegom kon je daar nog wel aan komen. De broers ruilden autobanden voor voedsel en zo hoefden ze geen tulpenbollen te eten, zoals sommige mensen deden.

Hun maaltijden waren eentonig en krap, maar wat ze konden missen – moeder spaarde het desnoods uit haar eigen mond – brachten ze naar Gon en Riek. Het meeste naar Riek, want in Heiloo scharrelden ze het eten nog wel bij elkaar. In Amsterdam stierven de mensen van de honger.

Het was een eind fietsen, maar als Neel en Trijn erin slaagden om een kistje aardappelen of een mandje bonen veilig over te brengen, waren de blije gezichten van Riek en haar medezusters hun beloning.

En toen – de hongerwinter was voorbij, de oorlog liep ten einde – kwam er bericht uit Amsterdam. Riek had bij het sluiten van de gordijnen zo hard haar hoofd gestoten dat ze in bed was gekropen en er niet meer uit kwam. Integendeel, ze werd steeds zieker. Wekenlang leefden ze tussen hoop en vrees. De vrees won.

Het was nog altijd onwerkelijk en onbegrijpelijk en in moeder was er iets gebroken. De dood van vader had ze kunnen aanvaarden, maar die van Riek niet. Voor de tweede keer moest ze een volwassen dochter afstaan aan de dood.

Dat Gon niet naar de begrafenis mocht komen, net zomin als ze bij de begrafenis van vader was geweest, maakte het allemaal nog erger.

Kort na de bevrijding gingen ze naar Heiloo en nog nooit waren er in een bezoekuur zoveel tranen gevloeid. Het verdriet om vader en Riek, de slopende angst voor bommen of afdwalende v1's en het getob met voedsel en brandstof hadden hen allemaal uitgeput en na de kortdurende vreugde om de bevrijding was het makkelijker gezegd dan gedaan om de draad weer op te pakken. Zelfs Gon was mat en somber geweest.

Moeder werd harder, strenger en stiller. Ze was nooit iemand van veel woorden geweest, maar nu zweeg ze urenlang en lachen kon ze helemaal niet meer. Zelfs de gespeelde opgewektheid van Trijn liep stuk op een muur van afweer. Het verdriet hing in huis als een wolk die niet van wijken wist, hoe vaak ze ook tegen elkaar zeiden dat Riek door Onze Lieve Heer was thuisgehaald en dat ze haar terug zouden zien in de hemel.

Neel had soms het gevoel dat ze niet meer kon ademen en ze was elke dag blij dat ze naar haar werk bij Piet en Dora kon gaan. Daar waren vijf kinderen die lachten en speelden, en die haar nodig hadden om alles wat ze vuilmaakten weer schoon te krijgen.

'Heeft Dora helemaal niets gezegd?' vroeg Trijn zodra ze het laatste kruis van het gebed hadden geslagen.

'Dan had ik het wel verteld.'

'Alsof jij ooit iets vertelt! Je bent net een pot. Met een deksel erop. Toen je laatst...'

'Hou op,' zei moeder scherp. 'En eet een beetje door.'

Trijn zweeg beledigd, maar in Neels zak kraakte de

brief. Het maakte haar langer en rechter, alsof een onzichtbare kracht haar rug steunde.

Na een haastige boterham schoot ze in haar jas, riep een groet en trok de deur achter zich dicht. Met bonkend hart liep ze de straat uit en ze was zo licht in haar hoofd dat ze bijna een buurvrouw omverliep die een kleedje uitklopte tegen een lantaarnpaal. Werktuigelijk veegde ze haar mouw af. De buurvrouw was protestant. Haar gedachten schoten alle kanten op. Zeven kinderen. Voorburg. Hoe oud? Een tuinder.

Op de torenklok zag ze dat ze aan de late kant was, maar ze ging toch even de kerk in om op de achterste bank te knielen en haar handen te vouwen.

Lieve moeder Maria, dank u wel. Dank u wel dat u mijn gebed hebt verhoord. Eindelijk geeft u mij een taak in het leven. Eindelijk heeft iemand mij nodig. Bij Dora ben ik alleen maar de werkster en ik moet de keuken schrobben als zij de kinderen in bed stopt. En als Fransje mijn hand wegslaat en die van zijn moeder grijpt, voel ik altijd zo'n steek vanbinnen. Die zeven kinderen hebben geen moeder, dus die zullen mijn hand niet wegslaan. Maar die man, heilige Maria. Moet dat echt?

Moeder zegt dat mannen maar al te graag willen. Maar wát ze willen, zegt ze er niet bij. Iets in bed, geloof ik. Elsie van de buren giechelt er altijd zo raar over. Ik weet nu al dat ik niet durf, wat het dan ook is. Misschien vraag ik wel aan Trijn of ze een nachthemd voor me maakt van dikke flanel, als dat straks weer te krijgen is. Dan is het misschien niet zo erg wat zo'n man doet.

Of zou Trijn dat raar vinden? Soms denk ik dat zij meer weet dan ik, ook al is ze tien jaar jonger. Maar ik ga haar niks vragen. En moeder ook niet. Wat zei ze ook weer laatst? 'Het is al erg genoeg dat jóngens er iets vanaf weten.' Maar lieve God, waarvan dan? Als het maar niet zo is als toen met die vuilak van Agterbosch. Dat heb ik gebiecht, weet u nog, want het was mijn eigen schuld. We moesten opeens van de straat. De mof schoot op de haven en ik was zo bang dat ik een winkel binnenrende. Het was er stampvol en ik stond naast die vuilak die zei: 'Kom maar hier, meid. Ik hou je wel vast.' Anderen lachten, maar ik zag die zwartbehaarde armen en voelde die knuisten met zijn grijpvingers.

Ze schrok van de bel die geluid werd en van de priester die uit de sacristie kwam. Ze opende haar ogen en zag dat de banken zich met gelovigen gevuld hadden. De mis van acht uur al? Dan kon ze maar beter opschieten. Dora hield er niet van als ze zo laat kwam aanzetten.

'Cornelia, wat heb je toch?' vroeg Piet toen ze een kop koffie op zijn bureau zette en zo bibberde dat er een scheut over de rand vloog. 'Zit Dora je achter de vodden? Je weet toch dat ze het niet zo meent?'

Haar broer keek niet op van zijn papieren en het ongeduldige tikken van zijn potlood zei haar dat hij niet op een antwoord wachtte. Toch bleef ze naast hem staan in het smalle, naar tabak en benzine ruikende kantoortje. Het was een rustig moment van de dag. De grote kinderen waren op school en Dora was met de kleintjes boven.

Ze legde een hand op de brief in haar zak. Bij elke beweging kraakte hij als onbetrouwbaar ijs en het verwonderde haar dat niemand het nog gehoord had.

Met een zwaai van zijn stoel draaide Piet zich naar de landkaart aan de muur, een vrachtbrief in zijn hand. 'Sta je daar nou nog?'

'Waar ligt Voorburg?'

'Hier,' wees hij aan. 'Waarom wil je dat weten?'

'En waar liggen wij? Ik bedoel Hillegom... waar ligt dat?'

'Hier,' wees hij weer. 'Maar dat weet je toch wel? Dat heb je op school geleerd.'

'Dat is zo lang geleden. Dat weet ik niet meer. Maar ik weet nog wel van Indië. Bali, Lombok, Sumbawa, Sumba, Flores, Timor...' Ze raffelde het rijtje af.

'Meer hebben ze op school niet in je hoofd gestampt, geloof ik,' zei Piet meewarig. 'En het is ook nog eens nutteloze kennis. Nou ja, meisjes hoeven niet alles te weten. Als ze maar sokken kunnen stoppen, en wassen en strijken en koken.'

'Dat kan ik toch, Piet?'

'Dat kun je best. Dora is, voor zover ik weet, tevreden. Als je maar niet de aardappels laat aanbranden, zoals laatst.'

'Dat was maar één keer, omdat ik Bertje moest verschonen,' zei ze verontwaardigd.

'Eén keer te veel, Neel.'

Meende hij dat? Nee, hij knipoogde. Trijn zou nu een gevat antwoord weten, iets zeggen waar hij bulderend om moest lachen, maar zij wist dat nooit. Om haar lachten ze alleen maar als ze iets stoms zei. Het vertrouwde gevoel van tekortschieten stak de kop op. Maar zo stom was ze toch niet? Anders zou ze nooit dat rijtje Indische eilanden nog zo goed weten. En ze kon toch boenen en poetsen? Beter dan Trijn. Die gooide er vaak met de pet naar. En die zou niet in de gaten hebben dat de vloer hier hoognodig gedaan moest worden omdat er steeds volk naar binnen kloste. Elke dag kwamen er chauffeurs om werk vragen. Ze hadden gehoord dat Zandee Amerikaanse legertrucks had gekocht en het werk nauwelijks aankon.

Piet stootte haar aan. 'Ik vroeg je wat. Waarom wil je weten waar Voorburg ligt?'

'Hierom,' zei ze. Ze trok de brief uit haar zak, liet hem in zijn schoot vallen en vluchtte met haar handen op haar hete wangen naar de veilige keuken waar ze haastig een ketel water opzette voor de afwas van de ontbijtboel.

Het volgende ogenblik beende Piet achter haar langs en nam met twee treden tegelijk de trap naar boven. 'Dora?' riep hij.

Door het plafond heen hoorde ze hun stemmen, maar wat ze zeiden kon ze niet verstaan.

Vijf minuten later was Piet weer beneden en wenkte haar mee naar het kantoortje. Ze droogde haar handen aan haar jasschort en ging schoorvoetend achter hem aan. 'Doe de deur achter je dicht,' sommeerde haar broer.

Nerveus droogde ze nogmaals haar handen af. Was hij kwaad? Bij Piet wist je dat nooit.

'Ik wist er niets van,' zei hij, wijzend op de brief. 'Dora heeft het met Bertha bekokstoofd.'

'Bertha?'

'Bertha Wessels. Een schoolvriendin van Dora die in Voorburg is gaan wonen.' Hij las de brief nog eens door. 'Arme bliksem. Zijn vrouw kreeg iets aan haar hart, zo'n tweeënhalf jaar geleden. Nu zit hij alleen met zeven kinderen en een bedrijf.'

'Hoe oud zijn de kinderen?' Haar stem klonk hoog van de spanning.

'Tussen de vijf en de vijftien. Twee jongens, vijf meisjes.'

'Ze zijn toch wel rooms?'

'Wat dacht je? Dat Dora jou aan een andersdenkende zou koppelen? Alsof moeder dat goed zou vinden.'

'Dat vindt ze ook niet. Ik ben te goed voor een weduwnaar met zeven kinderen.'

'Zegt ze dat?' Piet fronste en trommelde met zijn vingers op het bureau. 'Wat denk je zelf? Dat lijkt me ook belangrijk.'

Ze schuifelde met haar voeten. Tjonge, wat zag die vloer eruit. Die smeekte gewoon om een emmer sop.

'Neel, ik vroeg je wat.'

Ze keek niet op, beet op een nagel. 'Ik weet niet... die zeven kinderen vind ik niet erg. Maar die mán.'

'Wat is daarmee?'

Hij lachte om haar, ze wist het zeker, ze hoorde het in zijn stem. Met het gevoel alsof ze van haar tenen tot haar haarwortels in brand stond, tastte ze naar de deurknop. Er stond nog een rij schoenen om te poetsen, de vaat was nog niet klaar en in het washok...

'Het is een fatsoenlijke man.'

Ze keek op. 'Zegt Dora dat?'

'Dat zegt ze. En ook dat het een harde werker is.'

'Heeft hij haar op zijn armen?'

Nu lachte hij en wel zo daverend dat Dora kwam kijken. Met de baby op de arm stond ze opeens in de deuropening.

Neel dook langs haar heen en nam de benen, langs de wachtende vaat, langs de rij schoenen, door de achterdeur naar buiten, naar het stille pad langs de beek en naar de vlonder waar ze altijd water schepte om de stoep te schrobben. Daar ging ze zitten, haar armen om haar knieën geslagen, haar hart bonzend van schaamte. Ze staarde naar het stille water en naar de overkant, waar alleen de kale stronken nog herinnerden aan de bomen van vroeger. In de hongerwinter waren ze allemaal omgezaagd.

Mistroostig legde ze haar hoofd op haar knieën. Was vader er nog maar. Of Gon. Die twee hadden haar nooit uitgelachen. De heimwee striemde door haar borst naar haar keel, maar ze wilde niet huilen, niet hier, niet nu. Ze moest over die brief nadenken.

Wat zou Gon ervan vinden? Dat kon ze pas over

een paar maanden vragen. Eerder niet. Even kwam haar oude kwaadheid boven. Wat dééd Gon ook daar? Kraamvrouwen en kinderen verzorgen terwijl haar zus hier om raad verlegen zat.

Zou Gon haar ook te goed vinden voor een weduwnaar met zeven kinderen? Maar als ze er nou zelf niet tegen opzag? Ze schrok van haar eigen gedachte. Durfde ze het dan? Een wildvreemde man, verhuizen, o moedertje Maria, naar een plaats waar ze niemand kende. Daar had ze nog helemaal niet aan gedacht. Weg van hier, waar ze was geboren, waar ze elke steen kende, hun straat met de kerk, de pastorietuin achter hun eigen tuin, de akkers aan het eind van de straat, de bollenvelden, de...

'Neel! Waar zit je?'

Ze stond op en liep met opgeheven hoofd langs Dora naar binnen. Jij hebt maar vijf kinderen, dacht ze. Misschien heb ik er straks wel zeven.

Ze kwam laat thuis die avond. Door het zitten aan de waterkant was ze achteropgeraakt met het werk en toen de laatste afwas gedaan was en de kinderen in bed lagen, had ze de vloer van het kantoor geschrobd. Piet zat er nog te werken, maar hij had niets meer gezegd. Gelukkig, want elke keer als ze aan de brief dacht sloegen de vlammen haar uit.

Moeder was al klaar voor de nacht. In haar nachthemd en haar verbleekte roze vestje zat ze bij de langzaam uitdovende kachel. Haar dunne, grijze haar was al los uit het knotje en hing in slierten over haar rug. Haar gebit had ze ook al uit. 'Ze hebben je weer lang gehouden,' mummelde ze.

'Gaat wel,' zei Neel en dacht aan Fransje die ze in bed had gestopt. Bij het kruisje op zijn voorhoofd had hij om zijn moeder geroepen, maar daarna was hij snel in slaap gevallen, het autootje dat ze van beneden gehaald had in zijn handje geklemd. Dora, die druk was met de koortsige Bertje, had dankbaar geknikt toen ze het vertelde.

Ze trok een stoel bij de kachel waarin de as en de sintels nog gloeiden. Ze warmde haar handen. Er zat al vorst in de lucht.

Trijn schepte de pap in kommen. Sinds de melk niet meer op de bon was, sloten ze de dag af met gortepap. Als ze tot laat in de avond werkte en moe en koud was, hield de gedachte aan die pap haar op de been.

'Wat ga je doen met die brief?' vroeg Trijn toen ze hun kom op schoot hadden.

Moeder maakte een ongeduldig gebaar. 'Niets natuurlijk. Wie wil er nou een man met zeven kinderen?'

'Ik misschien wel,' zei ze zo kalm mogelijk.

Trijns ogen werden groot. 'Meen je dat? Ga je kennismaken met die man?'

'Ik wil het niet hebben,' zei haar moeder.

Neel vloog op. 'Wat moet ik dán? Ik ben zevenendertig. Ik heb toch ook weleens recht op... op...' Ze bonkte de papkom op tafel. De spetters vlogen in het rond. Sniffend zocht ze naar haar zakdoek.

'Er komt heus wel een andere man voor je,' zei haar moeder.

'Wanneer dan? Wanneer? Moet ik soms wachten tot... tot...'

'Pasen en Pinksteren op één dag vallen?' vroeg Trijn. 'Kom op, zus, droog die tranen en denk eens even na. Zeven kinderen zonder moeder zijn zeven kinderen met verdriet. Kan jij dat aan? Ze halen je heus niet met gejuich binnen, hoor.'

'Hun moeder is al twee jaar dood, daar zijn ze langzamerhand wel overheen.'

Moeder liet haar papkom zakken. 'Hoe weet je dat?'

'Van Dora natuurlijk.' Ze zei er maar niet bij dat ze zelf niets aan Dora had gevraagd.

'Wat zei ze?' Trijns lepel bleef in de lucht zweven.

'Dat het zeven kinderen zijn tussen de vijf en de vijftien. Vijf meisjes en twee jongens. Dat vind ik wel jammer. Ik hou meer van jongens.'

Trijn lachte. 'Je slaat op de vlucht als je er een tegenkomt.'

Ze mepte naar haar zus. 'Hou je mond!'

'Maar het is toch zo? Bram Steenbergen wilde jou best hebben, maar jij schoot al weg als hij naar je keek.'

'Vind je het gek? Ik bedoel kleine jongens. Die vind ik leuk.'

'Wat zei Dora nog meer?' Moeder lepelde verder, maar haar blauwe ogen bleven haar scherp aankijken.

'Dat het een fatsoenlijke man is.'

'En verder?'

'Niks. Wat moet ze verder nog zeggen?'

Moeder zette haar lege kom neer. 'Van jou word ik niets wijzer. Ik ga morgen zelf wel naar Dora. Nu eerst het rozenhoedje.'

Na het gebed doofde moeder het lichtje bij het Mariabeeld en ging naar boven. Haar dochters bleven nog even zitten. De sintels gaven nauwelijks nog warmte, maar Neel schoof haar stoel toch dichter bij de kachel. Trijn sloeg het divankleed om zich heen en schraapte haar papkom uit, haar voeten hoog op de sport van haar stoel. 'Wil je dat echt, zus, die man?'

Ze haalde haar schouders op en reikte naar de pook om de zwak gloeiende sintels nog wat leven in te blazen.

'Neel? Zeg eens wat. Ik krijg nooit hoogte van jou. Wil je echt zeven kinderen gaan opvoeden? Als je er ook nog een paar van jezelf krijgt, heb je een weeshuis.'

Haar hoofd schoot omhoog. 'Van mezelf?'

'Ja, wat dacht je? Die man heeft er al zeven. Die kent het kunstje.'

Ze draaide zich om, de pook nog in haar hand. 'Wat voor kunstje?'

Trijn keek haar medelijdend aan en trok het kleed dichter om zich heen. 'Wat denk je? Kinderen maken natuurlijk.'

'Hoe gaat dat dan?' vroeg ze terwijl ze nog eens in de kachel pookte. Daar had je het weer. Dat rare gevoel ergens diep in haar lijf. Het zesde gebod, dacht ze. Of het negende? *Satan, ga weg van mij*. Moest ze dit biechten?

Was het een doodzonde? En kwam je in de hel als je het niet biechtte? De zonde van nalatigheid? Branden jij! Voor eeuwig verdoemd. Het koude zweet brak haar uit.

'Ja hoor eens,' zei Trijn. 'Precies weet ik het ook niet, maar het zal wel net zo gaan als bij honden en koeien. Je hebt toch weleens gezien hoe de stier...'

Ze smeet de kachelklep dicht. 'Dat lieg je. Zo gaat het vast niet. Niet zo raar, zo vies.'

'Volgens mij wel. Vraag maar aan Elsie.'

'Ik zal daar gek zijn.' Ze kwakte de pook neer. 'Ik ga naar bed.'

'Hè toe... We zitten net zo gezellig.'

'Wat je gezellig noemt. Met dat soort praatjes.'

Ze greep haar kom, spoelde hem in de keuken af en haalde snel een vaatdoek over het aanrecht en het fornuis. Als Trijn pap kookte, zat alles onder de spetters.

In bed spookte Trijns uitleg door haar hoofd. Ze zei natuurlijk maar wat. Omdat ze een paar maanden had gelopen met Elsies broer, een sufferd die ze aan de kant had gezet omdat ze nooit eens lekker met hem kon lachen, moest ze niet denken dat ze alles wist. En Elsie had ook de wijsheid niet in pacht. Ze liep altijd met haar gat te draaien, maar daar ging het de jongens niet om. Reinheid, zuiverheid, het heilige huwelijk, daar ging het om. De pastoor had er vorige week nog over gepreekt.

Met een ruk draaide ze zich om. Ze ging slapen en morgen zou ze wel verder zien.

De volgende ochtend was ze voor de torenklok van zes uur wakker. Stil sloeg ze de dekens weg en zocht geruisloos haar sloffen en haar vest. Trijn zei iets onverstaanbaars en draaide zich nog eens om.

Op haar tenen sloop ze de kamer uit en de trap af naar de voorkamer, waar ze in het buffet een velletje papier, een pen en een potje inkt zocht. Ze huiverde maar durfde de kachel nog niet aan te maken. Kolen waren nog steeds op de bon en zoveel lag er niet meer in het kolenhok. Ze stak wel het lichtje bij Maria aan.

Met haar vest strak om zich heen getrokken kloof ze op de achterkant van haar pen, maar toen de klok halfzeven sloeg, had ze nog steeds niets anders verzonnen dan: *Beste meneer Versteeg. Ik wil wel maar ik durf niet.*

Dat was natuurlijk fout. Je kon niet zomaar opschrijven wat je dacht. Toen ze boven haar hoofd de voetstappen van Trijn hoorde, trok ze de pen uit haar mond. Als ze nu niet snel iets op papier kreeg, was het te laat.

We moeten eerst kennismaken. Zondagmiddag ben ik vrij. Vier uur. Hoogachtend Neel Zandee. De groeten aan de kinderen.

Op weg naar haar werk ging ze langs het postkantoor, kocht een envelop en een postzegel en gooide haar brief in de brievenbus. Ze had zich nog nooit zo volwassen gevoeld, maar toen ze op een holletje verder liep – zou je Dora horen als ze weer te laat kwam – klopte opeens het hart in haar keel. Wat had ze gedaan? Moeder zou uit haar vel springen.

De rest van de dag was ze met haar gedachten bij de zeven kinderen.

Ze zou ze netjes in de kleren zetten. Stof was nog op de bon, maar ze kon kleren vermaken en oude truien uithalen om er nieuwe van te breien. Op zondag zou ze met hen naar de kerk gaan, ze zou zorgen dat ze hun kerkboek bij zich hadden, dat de meisjes een muts of een hoedje droegen, de jongens een kaarsrechte scheiding hadden, dat ze niet vergaten te knielen, niet zaten te draaien, niet achteromkeken. Na de mis zouden ze erom vechten wie er naast haar mocht lopen en haar een hand geven. Om de beurt, dat was het eerlijkst, zou ze zeggen. 's Middags gingen ze wandelen in een park of een bos. Dan mochten ze zich vuilmaken. Dat hoorde bij kinderen. Op maandag zou ze alles weer wassen en het schoon en droog in de kast leggen. In nette stapeltjes.

Hier bij Dora deed ze de was van zeven man, een of twee meer maakte echt geen verschil. Ze was sterk en tilde zelfs een volle wasketel alleen van het vuur. Ze had alleen wat hulp nodig bij het wringen en vouwen van de lakens van het grote bed.

Bij de laatste gedachte sloeg er een golf van schaamte door haar heen en moest ze zich vastklemmen aan de wastobbe om niet naar het postkantoor te rennen en haar brief terug te vragen. Een wildvreemde man! Een man die getrouwd was geweest en het kunstje kende.

'En Neel, wanneer vieren we bruiloft?' vroeg haar broer bij de koffie. Zijn bulderend gelach dreef haar terug naar het washok, waar ze haar schaamte en boosheid (was hij nou helemaal gek om zo hard van stapel te lopen?) botvierde op een werkbroek vol olie en smeervlekken. Een kwartier later hing ze hem voldaan aan de lijn. Alle vlekken waren eruit.

Twee dagen later liep ze na de hoogmis met Trijn naar huis. Achter hen kwamen Henk en Mia en ook Jan met zijn gezin. Voor hen kuierden Piet en Dora met de kinderen. Op zondag was er voor de hele familie koffie bij oma.

'Kom, even hollen,' zei Trijn.

Ze liet zich meesleuren en toen ze Piet en Dora hadden ingehaald, zei Trijn tegen de kinderen: 'Gaan jullie maar vooruit. Misschien heeft oma iets lekkers.'

'Koekje!' riepen de kinderen en holden weg. Piet beende achter hen aan.

Trijn haakte bij Dora in en aarzelend deed Neel dat ook. Ze zag al twee dagen op tegen de zondagse koffie. Iedereen wist natuurlijk van de brief. In hun familie werd altijd gekletst. Zie je wel, daar had je het al.

'Door, vertel eens wat over die geheimzinnige briefschrijver,' zei Trijn. 'Hoe ken je hem eigenlijk?'

'Ik ken hem niet zelf. Het is de man van een vriendin van mijn vriendin van vroeger.'

'Noem dat maar niet geheimzinnig. Ik volg het nu al niet meer. Maar ga door. Ik hang aan je lippen.'

'Liever niet,' lachte Dora.

Neel rukte zich los en stopte haar handen in haar zakken.

Dora trok haar wenkbrauwen op maar vertelde verder. 'Hoe dan ook... Die man is ten einde raad. Tot nu wordt hij geholpen door een buurvrouw, en het oudste meisje steekt ook de handen uit de mouwen, maar het is geen doen natuurlijk. Die man wil weer orde en regelmaat zodat hij zijn werk kan doen. Hij heeft een tuinderij en dat is vooral in het voorjaar een drukte van belang. Vroeg opstaan, naar de veiling met de groenten, zaaien, oogsten. Bertha's man heeft ook zo'n bedrijf en...'

Trijn rukte aan haar arm. 'Vertel nou over die man, Door. Dat is veel interessanter.'

Dora lachte. 'Wil jij hem soms hebben?'

Neel duwde haar handen dieper in haar zakken en voelde haar nagels in haar handpalmen.

'Zie je mij al met zeven kinderen?' Trijn tikte op haar voorhoofd. 'Nee hoor, aan mijn lijf geen polonaise.'

Dora pakte Neel bij haar mouw. 'Misschien had ik het je eerst moeten vragen, maar ik dacht direct aan jou toen Bertha over die man begon. Jij bent flink, en gewend aan kinderen. Die man heeft jouw leeftijd, een paar jaar ouder geloof ik. Een nette man, volgens Bertha. Gewoon postuur, donker haar, donkere ogen.'

Ze keek strak voor zich uit. Waarom vertelde Door dit op straat? Straks wist de hele buurt ervan.

'Het is geen praatjesmaker,' pleitte Dora. 'Hij is nogal teruggetrokken.'

'Past goed bij je, zus,' zei Trijn. Ze stonden stil voor hun huis.

'Dat maak ik zelf wel uit.' Ze opende het hekje en

haastte zich naar binnen. Moeder kon wel wat hulp gebruiken.

Toen ze even later met de koffiepot en de kopjes de voorkamer binnenkwam – de zondagse koffie hoorde niet in de achterkamer – stonden Trijn en Dora, en ook Rie en Mia, nog steeds te kletsen bij het hekje. Hun monden bewogen zonder ophouden en voor de zoveelste keer vroeg ze zich af hoe anderen dat voor elkaar kregen. Bij haar kwamen de woorden moeizaam en een voor een, maar bij types als haar zus en schoonzusters stroomden ze als water uit een kraan.

Ze schudde het van zich af en ging met haar rug naar het raam zitten. De kinderen rumoerden in de achterkamer.

Piet zat in vaders leunstoel. Vanaf haar plaats aan de andere kant van de kachel probeerde moeder zijn aandacht te trekken. Hij merkte het niet, want hij zoog vergenoegd aan zijn zondagse sigaret. Door de week moest hij het met minderwaardige pijptabak doen. Iets anders was er nog nauwelijks te krijgen.

'Zeg het haar nou, Piet,' zei moeder luid. 'Naar mij luistert ze niet.'

Bedachtzaam tikte hij de as van zijn sigaret. 'Je moet die man afschrijven, zus. Dat kan nooit goed gaan.'

'Waarom niet?' Ze hief uitdagend haar kin.

'Omdat er te veel kinderen zijn. Twee of drie zou nog gaan, maar zéven, alle mensen nog aan toe. Je weet zelf hoe druk Dora en jij met vijf van die handenbinders zijn. Soms heb je geen tijd om adem te halen. Ik gun die man weer een vrouw, maar hij moet iemand anders zoeken. Het is niets voor jou.'

'Voor een stiefmoeder komt heel wat kijken,' zei moeder. 'Mijn vader was ook twee keer getrouwd en...'

Als een hete vlam steeg de drift in Neel op. 'Ik... dat moet ik zelf...' Ze sprong op en stampvoette. 'Hij komt volgende week. En jullie... jullie...' Ze liep de kamer uit en stoof naar boven. Op de rand van haar bed sloeg ze haar armen over elkaar, haar vuisten gebald.

De rest van de dag en ook de dagen erna voelde ze zich hard en ijzig, alsof er vanbinnen iets was vastgevroren. Zwijgend zat ze aan tafel en zwijgend deed ze haar werk. Ze praatte niet tegen haar moeder, niet tegen Trijn en ook niet tegen Piet en Dora, en alle vragen en opmerkingen beantwoordde ze met een ruk van haar schouders en een samenknijpen van haar lippen. Zelfs tegen de kinderen zei ze alleen het hoognodige, alsof ze elk woord moest loswrikken.

'Wat ben je toch een koppige ezel,' zei Trijn op de avond van de vierde dag, toen ze na de koorrepetitie samen naar huis liepen. Dat wil zeggen, zij liep voorop en Trijn probeerde haar bij te houden. 'Hoor je wat ik zeg?' hijgde ze achter haar. 'Een koppige ezel! Moeder heeft het beste met je voor, snap dat dan. Ze is bang dat zo'n groot gezin te zwaar voor je is, dat die kinderen jou als een indringer gaan zien, dat het te ver weg is. Je kunt niet zomaar even thuiskomen en om raad vragen. Je bent daar helemaal alleen.'

Neel bleef staan. 'Met zeven kinderen?'

'Dank u, lieve Heer.' Trijn vouwde haar handen en keek omhoog. 'Ze praat weer. Dank u voor dit wonder.'

'Je snapt er gewoon niks van.'

'Wat snap ik niet?'

'Dat ik ook weleens...' Ze veegde kwaad een traan weg. 'Dat ik ook weleens...'

Trijn pakte haar arm. 'Luister nou, zus. Ik snap je heus wel. Iedereen trouwt maar. Nu de oorlog eindelijk voorbij is, rent iedereen naar de kerk en het stadhuis. Maar wat zou dat? Je moet gewoon je tijd afwachten. Dat doe ik ook.'

'Ik heb lang genoeg gewacht.' Ze rukte zich los en beende naar huis, rechtstreeks naar boven en naar bed. Dan maar geen pap vanavond.

Ze hoorde hoe Trijn binnenkwam en in de huiskamer met moeder praatte. De vloer was zo dun dat ze het gesprek woord voor woord kon verstaan.

'Ze heeft geen idee waar ze aan begint,' jammerde Trijn.

'We moeten maar afwachten,' zei moeder. 'Als die man niet deugt, doet ze het heus niet. Dan maken we ons voor niets zorgen.'

'Maar ze denkt helemaal niet aan die man. Ze denkt alleen aan die kinderen en dat ze dan eindelijk getrouwd is en geen ouwe vrijster meer is.'

'Trouwen zit in de lucht,' zei moeder. 'Henk en Mia gaan ook met de pastoor praten.'

Dus haar jongste broer was haar vóór. Dan zou Mia

het nog hoger in haar bol krijgen. En dat terwijl ze zeker tien jaar jonger was.

Ze trok de dekens over haar hoofd en draaide zich op haar zij. Aan iets fijns denken, dat hielp om in slaap te vallen. Als het daar in Voorburg een vieze bende was, zou ze het stevig aanpakken. De kinderen en die man zouden maar wat blij zijn als alles weer op orde kwam. De vloeren geschrobd, de kleren gelucht, de gordijnen gewassen.

Een week later, bij de afwas op zondagmiddag, vroeg moeder opeens: 'En wat ga je straks nou zeggen?'

Neel, die afdroogde wat moeder uit het sop haalde, liet de pan in haar handen bijna glippen. Het waren moeders eerste woorden over het briefje waarin P.J. Versteeg zijn komst aankondigde, precies zoals ze gevraagd had, om vier uur. Ze had het briefje zelf uit de bus gehaald. Moeder had er een blik op geworpen, haar schouders opgehaald en er het zwijgen toegedaan.

'Ik weet niet... Wat moet ik zeggen?'

'Soms ben je toch een onnozele hals. Wil je die man of niet?'

'Hoe weet ik dat nou? Ik heb hem nog niet eens ontmoet.'

'Met die man is niets mis,' zei moeder droog.

Nu liet ze de pan wel glippen. Kletterend viel hij op het graniet. Ze bukte zich werktuigelijk om hem te pakken en keek vervolgens wezenloos naar haar moeder, die een handje zand uit het bakje greep en de volgende pan begon te schuren. 'Hoe weet u dat?'

'Van die man? Van meneer pastoor natuurlijk.' Moeder draaide zich om, de druipende schuurborstel in haar hand. 'Je denkt toch niet dat ik een vreemde binnenhaal? Dora zegt wel dat ik het kan vertrouwen, maar ik moet er eerst het mijne van weten. Meneer pastoor heeft navraag gedaan.'

'En...?' Met ingehouden adem schoof ze de pan op de plank.

'Wat ik zeg: niets mis mee. De man is goed katholiek, hij is collectant en staat bekend als degelijk. Zit in de raad van toezicht van de Boerenleenbank.' Ze ging verder met het schuren van de pan. 'Er zijn maar twee dingen op hem aan te merken. Hij woont te ver weg en hij heeft te veel kinderen.'

'Kinderen voeden elkaar op.' Dat zei Dora altijd, dus dat zou wel waar zijn.

Moeder snoof. 'Ik verbeeld me dat ik toch ook mijn steentje bijgedragen heb.' Ze gebaarde haar weg. 'Ga de kachel in de voorkamer maar opporren. Anders is het daar straks steenkoud.'

Toen moeder na de afwas wegdutte in haar stoel, ging Neel naar boven om haar blauwe jurk met het witte kraagje aan te trekken. Met trillende vingers speldde ze haar zilveren broche op. Het was alsof ze zich kleedde voor een feest en een begrafenis tegelijk. Het ene ogenblik kon ze nauwelijks wachten op de bel, het volgende ogenblik wenste ze dat hij nooit zou gaan. Knielend voor haar bed bad ze een Onzevader en een

Weesgegroet, haar ogen stijf dichtgeknepen.

De bel snerpte door het huis en door haar lijf. Op haar tenen liep ze naar de trap en bleef met bonzend hart staan. Moeder haastte zich naar de voordeur en zei over haar schouder tegen Trijn: 'Jij blijft in de achterkamer!'

Mompelende stemmen, het schuiven van hangers aan de kapstok, een openzwaaiende vestibuledeur en daarna de deur van de voorkamer. Een flits van donker achterovergekamd haar.

Haar hart klopte nu zo wild dat het uit haar borst leek te springen.

De deur van de kamer sloeg dicht en hoe ze haar oren ook spitste, ze hoorde geen enkel geluid. Met samengeknepen handen zat ze op de bovenste traptree tot moeder de voorkamer uit kwam en riep: 'Neel! Bezoek voor je.'

Een uurtje later was het voorbij. Ze had de nieuwsgierige vragen van Trijn weggewimpeld en was het huis uit gerend naar de stilte van het voetpad langs de vaart. Er stond een stevige wind en af en toe sloegen er felle regendruppels op haar neer. Geen weer waarin andere mensen zich buiten waagden. Maar goed ook. Dan liep ze hier tenminste alleen en kon ze rustig nadenken.

Hij had haar een harde, eeltige hand gegeven en zijn naam gezegd. Piet. Net zoals ze had gedacht. Hij zat bij de ronde tafel aan het raam. Ze nam de stoel tegenover hem en keek naar zijn handen die onrustig over het pluchen kleed bewogen. Gegroefde handen met schrammen en gescheurde nagels, een beetje rood alsof hij er hard op geboend had. Een ringvinger met een dubbele trouwring.

Ze had een paar woorden geoefend om mee te beginnen, maar nu het erop aankwam was ze die kwijt. Haar hoofd gonsde en ze kon alleen maar kijken hoe zijn handen een tabakszak grepen, een pijp stopten en lucifers afstreken. Ze schoof de asbak wat dichter naar hem toe.

Hij kuchte en blies een rookwolk uit. 'Je moeder lijkt me nog flink.'

Nu pas durfde ze op te kijken. Zijn ogen waren bruin met een beetje groen erin. Net slootwater, dacht ze.

'Ze is zevenenzeventig,' zei ze schor.

'Dat zou je niet zeggen.' Hij kuchte weer.

'Mijn vader is er niet meer.' Ze wees naar zijn foto aan de muur. 'Leven uw... jouw vader en moeder nog?'

'Al vijfentwintig jaar niet meer.' Hij schudde spijtig zijn hoofd. 'Spaanse griep.'

'Dan was u... je... al vroeg wees.'

'Ik was achttien,' zei hij en haalde een boerenzakdoek tevoorschijn om zijn voorhoofd af te vegen.

'Is het zo warm hier?' vroeg ze verschrikt.

'Het was een best eindje.' Hij wees naar buiten waar een fiets tegen het muurtje leunde.

'Ben je op de fiets? Maar de tram rijdt toch weer?'

'Jawel.' Hij veegde nog eens zijn voorhoofd af. 'Maar de barometer stond goed en ik dacht: kom, vooruit maar.'

'Heb je wel goede banden?'

'Wat je goed noemt. Het zijn nog massieve.' Hij lachte en trok aan zijn pijp. 'Maar het is beter dan hout, niet?'

De rest van het gesprek kon ze zich niet meer precies herinneren. Moeder had kopjes en de theepot gebracht en hen daarna alleen gelaten.

Vervolgens hoorde ze hoe ze in de achterkamer het gewicht van de klok optrokken en rommelden met de kachel. Af en toe zei moeder iets tegen Trijn, maar die zei niet veel terug omdat ze natuurlijk met oren op steeltjes iets van hun gesprek probeerde op te vangen.

Ze had zich opeens heel volwassen gevoeld.

Ze praatten met tussenpozen waarin Piets bruingroene ogen ronddwaalden, van haar naar de foto's aan de muur, naar de straat buiten, naar zijn pijp en tabakszak en weer terug naar haar.

Hij had donkere wenkbrauwen, een forse neus en een smalle mond die af en toe glimlachte. Zijn ruwe handen veegden steeds de gemorste tabak van tafel. Zelf voelde ze almaar of haar zilveren broche niet scheef hing. Hij was van Gon geweest en als ze hem droeg, leek Gon dichterbij.

Piet vertelde over de kinderen. Hij noemde hun namen en leeftijden, maar die had ze niet allemaal onthouden. Agnes, wist ze nog. En Theo en Ansje, de jongste van vijf. 'Een kleine erwt,' zei hij trots.

De kinderen zaten in het dorp op school. Dat was een halfuur lopen, daar werden ze groot van.

'En het bedrijf? Een tuinderij toch?' vroeg ze.

Hij vertelde langzaam, alsof hij naar woorden moest zoeken. Hij teelde komkommers en tomaten in broeikassen. En ook sla en andijvie. En soms meloenen of druiven. Alles hing af van de verkrijgbaarheid van zaad en vooral van brandstof. Nu de oorlog voorbij was, zou dat weer beter worden, hoopte hij. De oudste zoon werkte al mee in de tuin en de oudste dochter hielp in huis sinds zijn vrouw er niet meer was.

Ze wist niet wat ze daarop moest zeggen. Ze schonk nog een kopje thee in en presenteerde een koekje.

Achter de schuifdeuren lachte Trijn zoals ze altijd lachte. Schaterend.

'Mijn zuster,' wees ze met haar hoofd.

Hij glimlachte. 'Een vrolijke dame, zo te horen. Heb je meer broers en zussen?'

Ze noemde ze op. Hij kwam ook uit een groot gezin, vertelde hij. Een broer was pater in de missie.

Na een klein uurtje stond hij op. 'Ik moet eens gaan.' Hij stopte zijn pijp en tabak weg. In de vestibule trok hij zijn jas aan, zette zijn hoed op en gaf haar een hand. 'Mag ik, zal ik...' Hij kuchte. 'Nog eens terugkomen? Om verder te praten?'

'Dat is goed,' zei ze en had niet eens een kleur gekregen. Die kreeg ze nu, voelde ze, maar dat kon ook van de wind en de regen komen.

Aan het eind van zijn tweede bezoek vroeg hij of ze de volgende keer naar hém toe wilde komen.

'Waar begin je aan!' zei moeder toen ze ervan hoorde.

'Nou ja, als jij iets in je hoofd hebt, krijg ik het er niet uit.' Ze wapperde haar weg. 'Ga maar. Als je maar terug bent voor het lof.'

Piet had haar uitgelegd hoe ze reizen moest. Het was niet moeilijk. De Blauwe Tram die door Hillegom reed, kwam ook bij hem voor de deur. Ze moest in Leiden overstappen, maar daarna kon ze blijven zitten tot Voorburg. 'Zeg maar tegen de conducteur dat je op Vlietsigt moet zijn.'

Toen ze met bonzend hart en klamme handen uitstapte, stond Piet bij de halte. Na alle onbekende straten, kapotgeschoten huizen en ingestorte bruggen die ze was gepasseerd, had hij iets veiligs en vertrouwds zoals hij daar, met zijn handen op zijn rug, kalm stond te wachten. Zijn harde, eeltige handdruk voelde al niet vreemd meer.

Hij wees naar een paar huizen op het open land tegenover de halte. 'Daar is het.' Over een hobbelig laantje van blauwe klinkers wandelden ze ernaartoe. Nieuwsgierig bekeek ze het braakliggende land, de glazen kassen, het groepje huizen, de schuren in de verte. Wat een ruimte.

'Is dat allemaal van jou?'

Met brede armgebaren wees hij het aan. Rechts was van de buren, links was van hem en achter de huizen was het andersom. Vroeger, honderden jaren geleden, was dit een buitenplaats aan de Vliet geweest. Het buiten was afgebroken – hij vond nog weleens stenen en scherven van het oude Vlietsigt in de grond – maar het koetshuis en de tuinmanswoning stonden er nog. Het koetshuis was van de buren en hij woonde al zijn hele leven in het tuinmanshuis, daar links.

Ze volgde zijn wijzende vinger. Een vierkant huis met een puntdak, een schuurtje ernaast, een prieel, een boomgaard. Toen ze dichterbij kwamen, ontdekte ze nieuwsgierige kindergezichten tussen de uit elkaar geschoven vitrage van het raam beneden. 'Je wordt verwacht,' grinnikte Piet.

Maar toen ze, via de achterdeur en de bijkeuken, de kamer binnenkwamen, zaten alle kinderen om de grote tafel, met domino en een legpuzzel. Door de foto's die Piet bij zijn tweede bezoek had meegenomen, kende ze de namen bij de gezichten toen ze handen schudde. Ze vergiste zich alleen bij Greet en Annie, maar die twee leken dan ook sprekend op elkaar. De oudste jongen en het oudste meisje waren bijna net zo lang als zijzelf. Ze schrok ervan. In haar hoofd waren het allemaal kleine kinderen geweest.

Onzeker ging ze zitten en voelde naar de kammen en spelden in haar haar. Ze had het opgestoken om ouder te lijken. Om meer te durven.

Haar blik gleed langs de kinderen. Theo lachte aarzelend, Ansje kroop bij een zusje op schoot en draaide haar gezichtje weg toen ze haar toeknikte.

Frommelend met een zakdoek keek ze de kamer rond. Aan twee kanten ramen. Een piano, een Heilig Hartbeeld, een dressoir met een Delfts blauwe vaas en een ingelijste foto van een vrouw met donker haar en donkere ogen. Dat was vast de moeder van de kinderen. Ze fronste. Dat was toch niet verstandig? Zo'n grote foto in het zicht. Zo bleven de kinderen steeds aan hun moeder denken.

Agnes, het oudste meisje, schonk thee voor haar in. De andere kinderen gingen door met hun spelletjes, maar ze zag dat ze steeds naar haar gluurden en dan weer gauw hun ogen neersloegen. Alleen Annie was niet verlegen. Ze babbelde en lachte en vroeg gewoon: 'Doet u ook mee met domino?'

Ze deed een spelletje mee en hoewel haar vingers trilden, werd ze stilletjes aan wat kalmer en verdween het gevoel dat ze moederziel alleen in een etalage stond.

Piet leek met zijn gedachten ergens anders. Hij liet een dominosteen vallen, legde er een verkeerd aan en keek af en toe naar het dressoir. Zou hij haar vergelijken? De vrouw op de foto leek een binnenpretje te hebben. Trijn kon ook zo kijken, alsof het leven een lolletje was. Haar onzekere gevoel keerde terug. Wat dééd ze hier? Ze kon beter de eerste tram terug nemen.

Toen de kinderen naar buiten gingen om verstoppertje te spelen, waste ze samen met Agnes de theeboel af en liet zich wijzen waar ze alles moest opbergen. In één moeite door poetste ze met de kopjesdoek de vette vingers van de kastdeur.

Agnes waste zwijgend af. In de verte riepen de spelende kinderen, maar hierbinnen klonk alleen het gestage tikken van een wekker, hoog op een plank.

Ze voelde het zweet op haar rug en in haar keel kropte

de spanning. Waarom wist ze niets te zeggen? Trijn zou haar woordje wel gedaan hebben. Eindelijk bedacht ze iets. 'Gaat het goed op school?'

Agnes spoelde de theepot om en zette hem hardhandiger neer dan nodig was. 'Ik ben van school af.'

Nu pas herinnerde ze zich dat Piet dat verteld had. Toen zijn vrouw ziek werd, hadden ze Agnes van de ulo gehaald en op de huishoudschool gedaan. Daar kon ze meer leren. Ze was er net mee klaar toen haar moeder stierf.

Ze frommelde met de kopjesdoek en wreef nog eens over de kastdeur. Had ze het maar niet gevraagd. Nu dacht dat meisje weer aan haar moeder. Door háár schuld. Als ze maar niet ging huilen.

Piet verloste haar uit de stille keuken. Hij nam haar mee door het huis. Het was groot maar oud, want er was nog een kolenfornuis, een poepdoos en een bedstee. De begane grond had, naast een kelder en een halletje met een steile trap, ook een ruime slaapkamer. Ze wierp er een blik naar binnen maar draaide zich, verward door het brede bed dat ze ontwaarde, abrupt om en beklom de trap naar boven. Daar waren vier slaapkamers met schuine wanden, een vliering en een overloop met een vaste wastafel.

Op het oog zag het er netjes uit, maar haar scherpe blik ontdekte stoffige plinten en slordig ingestopte dekens.

Piet nam haar ook mee naar buiten. Hij schoot in zijn klompen en ging haar voor. Eerst naar het prieel – een houten huisje met aan drie kanten ramen – en daarna naar het schuurtje waar een stenen fornuis stond met een ingebouwde waterkuip. Het leek haar handiger dan bij Dora, waar ze elke keer een wasketel op het fornuis moest tillen.

Ze stapte de schemerige ruimte binnen. Het rook er naar zeepsop en de groengevlekte overalls die er hingen gaven een sterke tomatengeur af. Bij haar broer roken de werkkleren naar smeerolie en benzine.

In de boomgaard achter de schuur plukte Piet een appel voor haar. 'Een van de laatste, geloof ik,' zei hij, speurend tussen de takken. Ze wreef de appel glimmend langs haar mouw en hapte in de stugge schil. Het zure, frisse sap spoot in haar mond. 'Lekker!'

Piet hoorde haar niet, want hij was haar al vooruit, alsof hij niet kon wachten om alles te tonen. Langs een smal pad naast een sloot kwamen ze bij de kassen en bij een ketelhuis waar hij liet zien hoe een kachel met een gapende muil de kassen kon verwarmen. 'Als ik tenminste weer cokes kan krijgen,' zei hij zorgelijk, terwijl hij zijn handen afveegde aan een vuile lap en naar een kolenstortplaats wees waarop alleen nog wat gruis lag.

Ze wist er alles van. Zolang er aan alles gebrek was, kwam een bedrijf moeilijk op gang. Bij haar broers was het net zo, al smeekten zij niet om kolen maar om benzine.

Op de terugweg nam Piet wat kistjes uit de boomgaard mee. Hij viste ook een plank uit de sloot en raapte een losliggende hark op. 'De kinderen. Opruimen, ho maar,' mopperde hij, maar het klonk goedmoedig.

Aan de andere kant van het huis, op het open land, groef hij wat aardappels uit. 'Valt niet tegen dit jaar,' zei hij toen hij de verrassend blanke knollen opraapte en de grond doorzocht tot hij ook de allerlaatste gevonden had.

Hij is ordelijk, dacht ze. En graag met zijn handen bezig. Net als ik.

Naast elkaar liepen ze naar de grote schuur in de verte. Ze zwegen, maar ze was meer op haar gemak met hem dan in Hillegom. Daar moesten ze de tijd vol praten. Hier hoefde dat niet. Genietend knoopte ze haar jas los. Het was een ongewoon warme dag voor oktober, met een stralende zon aan een blauwe hemel.

In de schuur rook het naar stro en zaagsel. De twee jongens, Bart en Theo, waren aan een werkbank met hout en spijkers in de weer. Met forse klappen timmerden ze iets in elkaar. Theo keek even om en lachte verlegen. Een lief ventje, dacht ze. De vier jongste meisjes draafden in en uit de schuur en joelden om hun spel. Het leken opeens heel andere kinderen dan daarnet aan tafel. Toen hadden ze bijna niets gezegd.

'Ze zijn niet altijd zo druk, hoor,' zei Piet verontschuldigend.

Ze voelde zijn blik en haalde haar schouders op. Kinderen waren nu eenmaal kinderen. Bij Dora schreeuwden ze ook weleens de boel bij elkaar. Of ze stampten met hun modderige voeten naar binnen als ze net had gedweild. Dat gaf niks. Daar kon ze wel tegen.

‘Vind je het wat?’ Ze liepen nu langs lege velden en lege kweekbakken, die hij ‘plat glas’ noemde. ‘Zomers ziet alles er anders uit, hoor. Niet zo kaal. Dan staat hier sla, andijvie, spinazie.’

Hoog in de lucht vloog een vlucht snaterende ganzen over. Ze keek hen na en draaide daarna om haar as. Er waren maar twee buurhuizen hier. De rest van de wereld lag in de verte achter de weilanden en de akkers. Wat een ruimte, dacht ze opnieuw. Wat een vrijheid. Geen moeder die op mijn vingers kijkt. Geen Dora die me alle kanten op dirigeert.

Ze ademde diep in. ‘Zullen we naar het kerkhof gaan?’

Piets hoofd schoot verrast omhoog en misschien was ze zelf net zo verrast. Ze had het niet van tevoren bedacht, maar het leek opeens een goed idee om het graf van zijn vrouw te zien en er te bidden om raad en steun.

‘Dat is best. Ik heb wel een fiets voor je.’

Even later hobbelden ze samen over de klinkers. Langs een voetbalveld waar gejuich opsteeg, onder een viaduct door en dan langs villa’s met grote tuinen en dikke bomen, of wat daarvan over was, want ook hier waren veel bomen omgezaagd. In de verte rees een kerktoren op.

‘Gek... Op Hillegom is de kerk om de hoek.’

‘Wij zijn dit gewend.’

‘Ik zal er ook wel aan wennen, hoor,’ zei ze dapper en weer schoot Piets hoofd verrast omhoog. Ze keek strak voor zich uit. Waarom had ze dat gezegd? Ze had toch nog geen besluit genomen? De kinderen waren stugger dan ze had gedacht. En dan dat oude huis. En dat grote bed! Ze bloosde weer toen ze eraan dacht.

Het kerkhof lag onder hoge bomen, pal naast de kerk. Piet opende een knarsend hek en liep voor haar uit langs verweerde, overwoekerde stenen naar een graf waar hij bleef staan en een kruis sloeg.

Ze staarde naar de zwarte letters op de grijze steen. MARGARETHA BORSBOOM 1900-1944. Ze was dus zeven jaar ouder geweest dan zij. Hoe zouden ze haar genoemd hebben? Greet? Marga? Zou ze het vragen? Nee, beter van niet. Geen oude wonden openrijten. Je moest vooruitkijken. Doen wat je hand vond om te doen. Opnieuw beginnen. Dat was voor iedereen het beste. Geluidloos bad ze een Onzevader en een Weesgegroet.

In de kerk schoof Piet in de achterste bank, maar zij liep door naar het Maria-altaar en knielde daar. *Moeder Maria, geef me raad. Is dit mijn bestemming? Ik kan nog terug. Dan ben ik ervan af. Dan blijf ik op Hillegom waar ik alles en iedereen ken, en waar de kinderen mij niet zo schuin aankijken. Maar wat dan? Wie komt er dan om mij?*

Toen ze terugkwamen, waren de meisjes aan het touwtjespringen op het pleintje voor het huis. Zonder zich te bedenken sprong ze van haar fiets en pakte aan één kant het touw over.

Zingend glipten de meisjes in en uit het zwiepende touw. Hun Schots geruite strikken deinden op en neer. Het liedje was nog steeds hetzelfde als in haar eigen meisjestijd. Luidkeels zong ze mee. '*In spin de bocht gaat in, uit spuit de bocht gaat uit.*'

Met een ondeugende blik zette Annie een ander liedje in. '*Ik zou zo graag eens willen weten hoe die man van haar zal heten...*'

Ze voelde een kleur opkomen, maar draaide en zong door tot Piet kwam zeggen dat het tijd was voor de tram. Ze schrok. Vóór het lof thuis, had moeder gezegd.

Ze gaf het touw terug, greep haar tasje dat ze in de vensterbank had gelegd en zwaaide naar de kinderen, die mee wilden lopen naar de tram maar door Piet werden teruggestuurd.

Net op tijd waren ze bij de halte. In de verte klonk de schelle fluit waarmee de tram zijn komst aankondigde. Ze grabbelde naar haar kaartje toen Piet opeens zei: 'We zouden in januari kunnen trouwen... als je wilt.'

Nu schoot háár hoofd verrast omhoog. 'O-o...' stotterde ze. 'O... nou ja... ik weet niet... misschien...'

De tram stopte knersend en vlug stapte ze in. 'Ik schrijf wel,' riep ze over haar schouder. De deur draaide dicht en daar klonk de fluit alweer. Toen ze een plaatsje aan het raam had gevonden, zwaaide ze, maar Piet zwaaide niet terug. Hij keek de tram alleen maar na, zijn armen slap langs zijn lichaam.

Dat was nu een week geleden en ze had nog steeds niet geschreven. Soms telde ze de knopen van haar vest of haar jurk. Doen, niet doen, doen, niet doen. Elke keer kreeg ze een andere uitkomst.

'Je moet het zelf weten,' zei moeder. 'Maar zeg achteraf niet dat ik je niet gewaarschuwd heb.' Daar schoot ze dus niets mee op. Hoe kon je weten wat je moest doen als je het de ene dag aandurfde en de angst en de zenuwen je de andere dag naar de strot vlogen?

Ze bad tot Maria en tot de Heilige Geest tot haar knieën beurs waren, maar er kwam geen stem uit de hemel die haar de weg wees. Toen ze van het piekeren niet meer kon slapen, ging ze naar haar biechtvader. Kapelaan Van der Heijden kende haar al zo lang, hij zou wel weten wat Onze Lieve Heer van haar verlangde.

Met bonkend hart stapte ze de aardedonkere biechtstoel in, knielde op het bankje voor het traliewerk en wachtte op het schuifje dat omhoogging en een vage, roerloze gestalte onthulde.

'Eerwaarde vader, geef mij uw zegen,' prevelde ze. 'Ik belijd mijn schuld voor de almachtige God en voor u, vader. Mijn laatste biecht was vier weken geleden.'

De zware adem van de kapelaan vulde de stilte. Ze rook sigaren en wierook.

Haar mond was droog. 'Eh... ik kom om raad, eerwaarde vader.'

'Waarover?'

Ze vertelde het in een paar woorden.

'Het is een goed katholiek gezin?'

Ze knikte heftig. 'Piet... hij is collectant. En de twee jongens zijn misdienaar.'

Met gebogen hoofd wachtte ze af.

'Het is een zware taak, mijn kind, maar ook een

mooie.' De kapelaan kuchte en zijn stem werd plechtig. 'Als de Heer dit op jouw pad brengt, heeft Hij er Zijn bedoeling mee. En Hij geeft kracht naar kruis. Vergeet dat nooit. Hij beproeft nooit iemand boven zijn kunnen.'

Hij sloeg een kruisteken en prevelde een gebed.

'Amen,' fluisterde ze.

Het was alsof er een last van haar schouders was getild. Licht en vrolijk ging ze de kerk uit en de trappen af. Niet naar huis. Ze zou het nog even voor zichzelf houden. Pas vanavond of morgen zou ze het vertellen en vragen of Trijn haar bruidsjurk wilde maken.

Lopend langs de vaart telde ze, half voor de grap, half in ernst, nog eens de knopen van haar jas. Doen. Voor de zekerheid telde ze ook de knoopjes van haar blouse. Weer kwam ze uit bij: doen.

Ze ademde diep de frisse herfstlucht in en keek omhoog. *Dank u wel, Maria.*

Januari was een goede maand om te trouwen. Als alles achter de rug was, kon ze op haar gemak aan de grote schoonmaak beginnen.

1948

De Blauwe Tram voelde al een beetje als thuis. De hoge treeplank, de geur van de houten banken en de conducteur met zijn buiktas en zijn kniptang waren een deel van Hillegom. Over krap anderhalf uur zou ze er weer zijn.

Buiten adem ging ze zitten. Het was een toer geweest om deze tram te halen. Na de kerk had Agnes weliswaar voor het ontbijt gezorgd, maar de soep voor het middageten moest ze zelf voorbereiden en op het petroleumstel zetten. Dat stel had kuren. Als je de vlam niet goed instelde, begon hij óf te walmen óf hij ging uit. Het luisterde nauw.

Toen alles klaarstond in de keuken, was ze in haar zondagse kleren geschoten, had Bennies kuifje nog een keer opgekamd en haar hoed en haar jas gegrepen. Ansje had haar jas al aan. Ze had de koffie nog klaar willen zetten – schepje Buisman niet vergeten – maar Piet deed de deur al open. 'Gaan jullie nou maar. De tram komt er zo aan.'

Ze schoof tegen de leuning en knoopte haar jas los, waarbij ze Bennie stevig op schoot hield. Hij was zo'n woelwater. Als haar greep even verslapte, kronkelde hij om te ontsnappen en alles wat hij zag te grijpen, te proeven of kapot te maken.

Ze streek zijn parmantige kuifje nog eens in de krul en trok zijn jasje recht. Hij had het voor het eerst aan, een keurig lichtblauw wollen jasje. Agnes had er de hele week werk aan gehad en pas gisteravond laat was het af geweest.

Daarna had ze het zelf opgeperst met een natte doek en een lauw ijzer totdat het rechtstreeks van Gerzon leek te komen. En dat mocht ook wel. De stof had een hoop bonnen gekost. Ze was in één klap door haar voorraadje heen.

Ze aaide nog eens over het jasje en maakte de bovenste knoopjes los toen ze zweetdruppeltjes op Bennies neus ontdekte. Was het jasje te warm? Maar ze kon toch niet weten dat het begin oktober nog zomers zou zijn? Meestal was moeders verjaardag een gure dag waarop je blij was dat je binnen zat.

'Zijn we er al bijna, moe?'

Ze schrok van het kind naast haar. Het had de hele tijd zo stil uit het raampje zitten kijken dat ze het bijna vergeten was.

'Nog niet, Ans. We moeten eerst overstappen in Leiden.'

'En dan?'

'Dan nog een halfuurtje in een andere tram.'

Het meisje stak haar duim in haar mond en schoof tegen haar aan.

Ze gaf haar een duwtje. 'Hang niet zo, Ans, en haal die duim uit je mond. Hoe oud ben je nu helemaal? Acht toch? Veel te groot om te duimen. Op Hillegom lachen ze je uit, hoor.'

Het meisje gehoorzaamde en keek weer uit het raam, haar handjes keurig op schoot. Ach, het was een zoet kind, daar niet van. Toch had ze haar liever thuisgelaten. Alleen met Bennie naar Hillegom, een dag met 'eigen' onder elkaar, was échter.

Piet had erop aangedrongen dat ze Ansje meenam. Het kind mocht weleens een verzetje en wat moest ze alleen thuis? De zussen gingen – vaste prik op zondag – naar hun vriendinnen, en de broers – even vaste prik – met de buurjongens een balletje trappen. Dan keken ze echt niet naar hun kleine zusje om.

Nou ja, toen had ze maar gezegd dat ze mee kon. Had Piet ook eens zijn handen vrij. En last had ze niet van het kind. Ze was stilletjes en als ze niet zo tegen haar aan zou kruipen, merkte je nauwelijks dat ze er was. Maar gek, sinds ze Bennie had kon ze dat gehang niet goed meer hebben.

Ze trok zijn kraagje nog eens recht. Wie had drie jaar geleden kunnen denken dat ze nu acht kinderen zou hebben?

Toen ze de knoop had doorgehakt, of liever toen kapelaan Van der Heijden dat had gedaan, was het snel gegaan. In drie maanden tijd was alles geregeld. Een eerste gesprek met de pastoor, de papieren op het gemeentehuis en de kennismaking met de wederzijdse familie.

De broers en zussen van Piet hadden samen zoveel kinderen dat het haar duizelde van alle namen en het had een tijd geduurd voor ze wist wie bij wie hoorde. Daarbij vergeleken had Piet het gemakkelijk. Haar familie was overzichtelijk en toen hij een keer op de zondagse koffie kwam, kende hij ze in één klap allemaal.

Voor de kennismaking met Gon gingen ze samen naar Heiloo, vlak voor hun trouwdag. Ze konden meerijden met een vrachtwagen en onderweg keken ze ontdaan naar de puinhopen en de gevolgen van de bombardementen op IJmuiden en de Hoogovens. 'Bezuidenhout is nog erger,' zei Piet.

Godzijdank was het klooster van de Juliaantjes ongeschonden. Bij het vorige bezoek, in mei, had ze daar nauwelijks oog voor gehad.

Gons gezicht stak nog steeds mager en witjes af tegen haar zwarte habijt, maar haar opgewektheid was terug. Ze stapte kwiek de spreekkamer binnen en na de begroeting ging ze bedrijvig aan de slag met kopjes, thee en de suiker die Neel had meegebracht. Intussen vertelde ze aan Piet over de ingekwartierde mof die in de kloosterkapel zijn pistool had getrokken. 'Het liep goed af,' lachte ze. 'We hadden een beschermengel en de Wehrmacht heeft alle schade vergoed.'

Neel keek hoe ze redderde en praatte en herkende de oude Gon. De zus die vroeger over het ijs zwierde of grinnikend achter een autostuur kroop; de zus die met iedereen een praatje kon maken. Piet was daardoor direct op zijn gemak, alsof hij haar al jaren kende. Ze had hem niet eerder zo hartelijk zien lachen.

Het bezoekuur vloog om, zoveel was er te vertellen over Piets kinderen, het bedrijf en de bruiloft. 'Ik wou dat je erbij kon zijn,' verzuchtte Neel.

Gon schoot in de lach. 'Dat gaat nu eenmaal niet, zus. Dat weet je. Maar ik vraag of ze in de kapel een mis voor jullie opdragen. Dan ben ik er in gedachten toch bij.'

'Dan is het goed.' Ze meende het. Voor het eerst deed het geen pijn meer om Gon in habijt te zien en alle gevolgen daarvan te dragen. Dit was de genade waarom ze gebeden had. *Dank u wel, Maria.*

Toen alles verteld was en het bijna tijd was om afscheid te nemen, zei Gon: 'Ik heb nog een nieuwtje. Ik krijg ander werk. Ik word zelatrice.'

'Ga weg... Bedelen? De deuren langs?'

Gon knikte. 'In de oorlog deden we het ook. We gaan er nu mee door. Moeder heeft Vincentia en mij ervoor aangewezen.' Geestdriftig begon ze te ratelen. 'Voorlopig alleen in Noord- en Zuid-Holland. We gaan de parochies af. Allemaal. De fiets mee in de trein, als die tenminste weer rijdt, en dan slapen in de zusterhuizen in Den Haag of Haarlem. Of Maastricht,' lachte ze. 'Maar zover is het nog niet.'

'Moeder Agatha weet wel wie ze aanwijst. Je ging altijd al graag de hort op.'

Gon glunderde. 'Misschien kom ik eens bij jullie aan,

als het mag van moeder. Ik weet nog niet hoe het loopt. We beginnen zo gauw mogelijk. Er is hier gebrek aan alles.'

Piet tastte in zijn binnenzak en schoof een bankbiljet over tafel. 'Je eerste verdienste.'

'Het is niet voor mij,' zei Gon ernstig terwijl ze het biljet gladstreek en een boekje uit haar zak haalde om het in op te bergen. 'Alles voor Onze Lieve Heer.'

Na het bezoek aan Heiloo kwam de trouwdag snel dichterbij. Haar bruidsjapon hing klaar. De broers hadden een paar meter witte crêpe georgette op de kop getikt – een autoband was nog steeds een goed ruilmiddel – en samen met Trijn had ze de japon geknipt en genaaid. Met het opstaande boordje, de poffende mouwen en de meterslange tulen sluier was hij zo mooi geworden dat ze het jammer vond dat ze hem maar één keer zou dragen.

Maar voor het zover was, moest ze bij de pastoor komen. Alleen. 'Voor het huwelijksonderricht,' had hij gezegd.

Toen ze op de afgesproken tijd bij de pastorie aanbelde, bedacht ze dat ze de laatste maanden vaker in de zenuwen had gezeten dan in alle achtendertig jaar ervoor. Toch wende het niet. Elke keer bonsde haar hart en kolkte het in haar buik.

De huishoudster ging haar voor naar een spreekkamer en wees haar een stoel bij de tafel. Stijf rechtop wachtte ze daar op de pastoor, haar handen om het hengsel van haar tas geklemd.

Toen de deur openging, stond ze op. Haar knieën trilden. Met een norse hoofdknik beduidde de pastoor haar weer te gaan zitten. Hij pakte een paars boekje van een stapeltje en nam de stoel tegenover haar. Hij keek haar niet aan. Zijn blik rustte ergens boven haar hoofd.

Hij bad een Onzevader, sloeg het boekje open en begon zo razendsnel iets voor te lezen dat ze alleen maar wat losse woorden opving.

'Geslachtsdaad...' Het leidde haar af. In de oorlog hadden haar broers een paard geslacht. Ze was kokhalzend weggelopen.

'Het mannelijk zaad ongehinderd...' Ook dat leidde haar af. De laatste keer op Vlietsigt had ze Piet in een zaadcatalogus zien bladeren.

Terwijl ze nog piekerde over wat die woorden met haar huwelijk te maken hadden, schoof de pastoor haar het boekje toe, sloeg een kruisteken en gebaarde naar de deur.

Voor ze het wist, stond ze weer buiten op de stoep. Ze stopte het boekje in haar tas en haalde het er pas 's avonds laat uit. Moeder en Trijn waren al naar boven.

Huwelijksonderricht voor katholieke echtgenoten heette het boekje. Ze bladerde het door. *Kuisheid wil voor iedere mens zeggen dat men de geslachtelijke vermogens volgens hun aard en doel eerbiedigt.* Wat zou dat betekenen? *Een weigering zonder ernstige reden kan grote zonde zijn en...* Ze mocht dus niet weigeren. Maar wát mocht ze niet weigeren? Ze bladerde verder en weer terug, maar het bleef even onbegrijpelijk. *Huiselijke ge-*

meenschap. Huwelijksplicht. Echtelijke kuisheid. Hulp van bevoegden. Neomalthusi...

Hulpeloos sloeg ze het boekje dicht. Nu wist ze nog niets.

Een week later kreeg ze weer een boek. Deze keer bij het afscheid van de Mariacongregatie.

De congregatie was een stuk van haar leven. Vanaf het moment dat ze de medaille kreeg omgehangen en Maria tot haar Koningin, Beschermster en Voorspreekster koos, was ze er elke zondagmiddag bij geweest. Twintig jaar lang.

Met verstikte stem bad ze mee met haar laatste litanie. 'Heerlijk vat van godsvrucht, bid voor ons. Mystieke roos, bid voor ons. Toren van David, bid voor ons... Deur van de hemel, bid voor ons.'

De tranen sprongen in haar ogen. Nooit meer hier staan, nooit meer een bedevaart of een retraite. Nooit meer met zijn honderden over straat met een lampion en een rozenkrans om samen te getuigen van je geloof. Nooit meer een kringspel, samen lachen, samen zingen. Vanaf vandaag hoorde ze er niet meer bij.

Het gele boek dat de prefecte haar overhandigde, was een schrale troost. Blozend las ze de titel. *Het huwelijk.*

Thuis bladerde ze het door, maar toen sloeg ze het, net als het boekje van de pastoor, moedeloos dicht. Ze moest het maar aan Onze Lieve Heer overlaten. En aan Piet.

De tram begon harder te rijden. Leidschendam en Voorschoten was hij al door, zag ze. Nu kon hij in één ruk doorrijden tot Leiden. De wielen ratelden over de rails en de bestuurder benutte nog eens extra de schelle fluit die alles en iedereen in de buurt van de rails wegjoeg.

Ansje stopte haar vingers in haar oren en Bennie trok een pruillip van schrik, maar toen ze zijn hoofdje tegen haar jas drukte, was het over en probeerde hij zich weer los te wurmen om te gaan staan. Ansje leidde hem af. 'Knibbel, knabbel, knuisje, wie knabbelt er aan mijn huisje?' Hij schaterde toen ze hem in zijn nekje kietelde.

Glimlachend keek ze toe. Ansje zag er ook keurig uit. Agnes had het zondagse jurkje met een strook verlengd en de kraag en de manchetten van het manteltje gekeerd. De nieuwe kousjes en de gepoetste schoentjes maakten het af.

Het was een geluk dat Agnes op de huishoudschool had leren naaien, want het was een heel gepuzzel om alle kinderen netjes in de kleren te steken.

Na de bruiloft had ze dat aangepakt. Niet dat de kinderen er verwaarloosd bij liepen, maar toch... Ongepoetste schoenen, een gat in een sok, een losse knoop. Als je erop lette, zag je dat ze het drie jaar zonder moeder hadden moeten doen.

De bruiloft was in een roes aan haar voorbijgegaan.

Van het stadhuis wist ze alleen nog hoe Piets kinderen tussen haar neven en nichten zaten. Alsof ze er al jaren bij hoorden. Ze barstte bijna van trots toen ze het zag. Nog even en ze had een gezin. Net zoals alle vrouwen die ze kende, net zoals haar schoonzusters.

Daarna de kerk. Die was haar beter bijgebleven.

Aan Piets arm liep ze door het middenpad, bij elke stap bang om op de zoom van haar japon te trappen. Het orgel en het koor juichten haar toe. Het bruidsboeket van witte seringen beefde in haar handen.

Geknield op het bankje voor het altaar richtte ze haar blik op het tabernakel en het rode licht van de godslamp. *Heer, geef me kracht.* Het bracht, zoals elk schietgebed, rust en toen de pastoor haar vroeg op te staan en Piet haar rechterhand te geven, deed ze dat precies zoals ze zich had voorgenomen. Kalm en eerbiedig. En het 'Ja, ik wil' zei ze zonder haperen.

Piet had geen nieuwe ring willen hebben. Haar naam was gegraveerd naast die van zijn eerste vrouw en toen ze de ring aan zijn vinger schoof, stak opnieuw teleurstelling op. Maar die ebde weg bij het zien van haar eigen ring. Die was gloednieuw.

Met luide stem las de pastoor het epistel voor. 'Broeders, de vrouw moet onderdanig zijn aan haar man, als aan den Heer: want de man is het hoofd van de vrouw, zoals Christus het hoofd is van de Kerk. Zijn lichaam, waarvan Hij ook de Zaligmaker is. Maar zoals de Kerk onderdanig is aan Christus, zo moet ook de vrouw dat zijn aan haar man in alles.' Hij keek op van zijn misboek en zond haar een waarschuwende blik. 'In alles,' herhaalde hij.

Ze boog gehoorzaam haar hoofd. Moeder had het

ook op haar hart gedrukt: 'Altijd klaarstaan, hem in alles ter wille zijn, dat is je plicht.' Ze verheugde zich erop. Het hoorde bij getrouwd zijn, bij een eigen man en een gezin hebben.

Ze wierp een blik opzij, maar Piet keek strak voor zich uit. Dacht hij aan zijn eerste vrouw? Ze kende hem nog niet goed genoeg om dat te weten en uit zichzelf zou hij het haar niet vertellen, dat wist ze inmiddels wél. Hij was een man van weinig woorden. De angst sloeg haar opeens om het hart. Hoe goed kende ze hem eigenlijk?

Bij de koffietafel in Hotel Sistermans kreeg ze weer moed. Iedereen had goede zin en de kinderen droegen een vers voor. Agnes, die er in haar lichtgroene bruidsmeisjesjapon heel volwassen uitzag, opende de rij. 'Beste pa en moe...'

Ze glimlachte onwennig. Dat was ze nu. Moe.

Om de beurt zeiden de zes anderen ook een paar regels. Ze kregen een daverend applaus.

Aan het eind van de dag brachten haar broers hen met twee luxewagens naar Vlietsigt. De kinderen nog vol van de pluimen op hun hoed, de lekkernijen en de nieuwe ooms en tantes. Zelf wachtte ze met wild kloppend hart en bevende benen op wat komen ging.

Later kon ze nooit aan haar huwelijksnacht terugdenken zonder golven van schaamte en weerzin. Dus dit was hoe het ging. Verstijfd liet ze het gebeuren en ze zegende het feit dat het donker was. Als ze had moeten zien wat ze in zich voelde, was het nog erger geweest.

Het is je plicht, dreunde het in haar hoofd en die

woorden bleven klinken, ook alle keren erna. De schrik en de pijn van de eerste keer werden minder, maar niet de schaamte en de afkeer. Als ze er de volgende dag – boenend op het wasbord of worstelend met in de wind wapperende lakens – aan terugdacht, duwde ze het weg met een schietgebedje. *Zuiver mijn lichaam, heilig mijn ziel.*

Tijd om erover te piekeren had ze die eerste maanden niet. Haar nieuwe leven nam haar zo in beslag dat ze niet voor- of achteruit kon kijken. Het werk overspoelde haar als een vloedgolf. De was, het huis, de maaltijden, de kinderen, het naaiwerk. Ze jachtte van het een naar het ander en nóg hadden de dagen te weinig uren.

Alleen al het koken was elke dag een heksentoer. Negen personen, zeven in de groei. Daar was bijna niet tegenop te schillen, schrappen en wassen. Alles ging in het groot. Een emmer aardappelen, een kist boerenkool, vier bossen peen, een teil spinazie, stikvol zand.

En dan de kinderen. De jongens waren gedwee, maar de meisjes konden dwars zijn, boos worden om een kleinigheid of om niets in tranen uitbarsten. Piet zette hen weleens op hun plaats en zelf leerde ze dat ook. Je moest toch laten zien wie de baas was.

Agnes deed haar best, dat moest ze haar nageven. Toen ze haar de fijne kneepjes van het huishouden had bijgebracht, werd ze een flinke hulp.

Toch was ze die eerste maanden 's avonds zo moe dat ze al in slaap dommelde bij haar dagelijkse oefening van berouw, op haar knieën voor het grote bed.

Maar alles wende en er kwam orde en regelmaat. Ze kreeg het koken in de vingers, ze leerde wie ze om een boodschap kon sturen en toen ze de nukken en kuren van het houtfornuis had leren kennen, ging ook de grote was haar goed af. Soms stond ze zingend aan de tobbe en de wringer. '*Maria, aanhoor onze vurige bêe, Geleid ons door 't leven, o Sterre der Zee.*'

Bij het overstappen in Leiden vergat ze bijna de tas die Piet had meegegeven. Er zat van alles in. Peterselie, appels, een paar mooie peren, een bos dahlia's.

Ansje dacht er op het laatste moment aan en rende terug. Hijgend sleepte ze de zware tas over de vloer van de tram.

'Voorzichtig, Ans. Er zitten eieren in.'

Ze greep het kind bij de hand en zeulend met Bennie en de tas zocht ze de aansluitende tram. Een kerkklok wees halftwaalf. Mooi. Trijn zou om twaalf uur bij de halte staan.

Eenmaal buiten Leiden kreeg de tram weer vaart. Sassenheim, Lisse. Haar hart sprong op bij het zien van het vertrouwde landschap. De vlakke velden met de duinen in de verte. De rechte sloten met de schuiten en de eindeloze rijen manden en kisten die wachtten op vervoer. Bij de bekende namen op de schuren – Stassen, Bakker, Veldhuizen – en bij het voorbijflitsen van het bord HILLEGOM knipperde ze een traan weg. Ze wilde de tram wel vooruitdúwen.

Bij de halte op de hoek stond Trijn klaar. Ze zwaaide

met beide armen toen ze hen achter het raampje ontdekte en ving Ansje op die van de treeplank sprong. 'Asjemenou,' lachte ze. 'Jij durft!'

Ze nam de tas van Neel over en regelde het zo dat Ansje tussen hen in liep. Blij huppelde het kind mee.

Neel verplaatste Bennie naar haar heup. 'Alles goed met iedereen?'

'Kan niet beter,' zei Trijn. Ze strekte haar handen uit naar haar neef. 'Zal ik mijn petekind overnemen? Je sjouwt al de hele weg met hem. Hij is vast zwaar.'

'Ben je gek.' Ze drukte Bennie vaster op haar heup. 'Zwaar! Mijn eigen kind?'

Ze was al een tijdje elke ochtend misselijk toen ze erachter was gekomen wat dat betekende.

Het was op een dinsdagmorgen, begin februari. Het sneeuwde en het vroor een steen dik. De winterjassen lagen 's nachts op de dekens, er stonden ijsbloemen op de ruiten, aan de goten hingen ellenlange ijspegels en op de radio werd gepraat over een Elfstedentocht.

Ze zat met Piet en Agnes aan de keukentafel voor het raam. De koffie smaakte haar niet en de misselijkheid van de ochtend kwam weer terug. Futloos staarde ze naar buiten. Daar was alles bedekt met een dikke laag sneeuw. Op de schoongeveegde sloot verdwenen de schaatssporen van de kinderen alweer onder een nieuwe laag. De appelbomen in de boomgaard droegen allemaal een hoge witte muts en de sneeuwlaag op de kassen was zo dik dat Piet vreesde voor de ruiten. Hij was al dagen bezig om ze sneeuwvrij te maken.

Bij de achterdeur in de bijkeuken klonk gestamp van voeten. De deur ging open en een stem riep: 'Mogen we ons hier warmen?'

Ze gaf een gil en keek het volgende moment verbijsterd naar de twee Juliaantjes die de sneeuw van hun schoenen stampten en hun lange zwarte mantels losknoopten. 'Gon! Heilige moeder Maria. Gon!'

'Ik had toch gezegd dat er een kansje bestond?' lachte Gon terwijl ze een natte, koude wang tegen de hare drukte. 'En kijk, hier zijn we: zuster Vincentia en ik-zei-de-dwaas.'

'Maar dat is een jaar geleden! Ik had er al lang geen hoop meer op.'

'Kom, kom. Je moet vertrouwen in De Grote Baas hebben.' Ze begroette Piet die op de opschudding afkwam, maakte kennis met Agnes – 'Zeg maar tante Gon, hoor' –, stelde Vincentia voor en al die tijd stond Neel als door de bliksem getroffen. Tot ze bij haar positieven kwam en naar de keuken vloog om water op te zetten en de koffiemolen te vullen. Ze duwde Agnes de molen in de hand en hielp de zusters zich te ontdoen van de mantels en de lange zwarte sluiers die hun witte kappen bedekten. 'Het is door en door nat allemaal,' zei ze verwijtend, terwijl ze alles op stoelen drapeerde om te drogen.

'Het sneeuwt,' zei Gon droog. 'En we tippelen wat af. Maar we zijn er. Daar gaat het om.' Ze wreef haar koude handen en bekeek de keuken met de lange eettafel en het grote fornuis. 'Dus hier wonen jullie. Wat fijn dat ik het nu eens zie.'

'We kunnen ook in de kamer gaan zitten. Die is netter.'

'Ben je gek, vrouw,' zei Piet. 'Hier brandt de kachel.'

'Liever warm dan netjes.' Gon knipoogde naar Agnes.

'Bedoel je dat het hier niet netjes is?' vroeg Neel verontwaardigd. 'Ik heb vanmorgen nog gedweild.'

Gon tuurde naar de vloer. 'Is het heus? En die vlek dan?'

Pas toen Piet in de lach schoot, kreeg ze door dat ze in de maling werd genomen. 'Ach jij,' zei ze met een wegwerpgebaar. 'Je verandert ook nooit.'

'Gelukkig niet,' zei Vincentia.

Toen iedereen eindelijk om de tafel zat en van koffie voorzien was, kwam ze ertoe om haar zus eens goed te bekijken. Ze zag er veel beter uit dan de laatste keer. Het vertrouwde gezicht onder de witte kap was weer blozend en gezond.

'Zijn jullie op de fiets?'

'Nee, dat is geen doen. Je komt niet vooruit en om de haverklap moet je je fiets over een hoop sneeuw sjorren.'

'God hoort je brommen, Claudia,' zei Vincentia. 'Dat sjorren is niet erg, maar lopen gaat sneller. En de tram is er ook nog.'

'In Noord-Holland schijnt het bar te zijn,' zei Piet.

Gon knikte. 'In Heiloo ligt het een meter hoog en in de buurt van Hoorn komt de sneeuw tot aan de dakgoten. Al het vervoer ligt daar stil. We hadden geluk dat de trein naar Amsterdam nog reed.'

Neel schudde bezorgd haar hoofd. 'Het is toch geen doen, dat gebagger door de sneeuw. Kijk nou eens, jullie rokken zijn van onderen doorweekt en je schoenen... die zullen ook wel doornat zijn. Trek ze uit. Dan stop ik er kranten in.'

'Welnee,' zei Gon. 'Ze drogen vanzelf.'

'Maar kom dan wat dichter bij het fornuis zitten.' Ze stond op. 'Hier, op mijn plaats is het veel warmer.'

'Ik zit hier best,' zei Gon en schoof haar stoel wat dichter bij de tafel. 'Wat jij, Vincentia?'

'Ik ook. Het is heerlijk warm hier.' Ze keek naar Piet die een verse pijp stopte. 'U heeft zeker nog kolen genoeg?'

'Ik mag niet mopperen. Ik heb cokes en eierkolen. Dat gaat goed samen.'

'Die kolenschaarste weet wat, hoor.' Vincentia nam genietend een slokje koffie. 'Er zijn gezinnen die net zo in de kou zitten als in de oorlog. En als de winter aanhoudt, moeten scholen en kantoren sluiten.'

'De scholen? Echt waar?' Agnes, die stil had zitten luisteren, schoot rechtop. 'Dan komen Greet en Annie thuis.'

'Ik zou er niet op rekenen, Agnes,' zei Piet. 'Hoe moeten ze thuiskomen in dit weer? De treinen vallen uit en de Moerdijkbrug is nog kapot.'

Over de tafel heen zei Neel tegen Gon: 'Had ik dat geschreven, dat er twee op kostschool zitten? Bij de Zusters van Liefde, in Brabant? Ik moet zeggen, het scheelt een hoop werk.' Onder haar schort wreef ze over haar maag. Zelfs de geur van de koffie stond haar tegen. Ze rechtte haar rug. Niet klagen maar dragen, dacht ze.

'Ze missen ons anders wél,' zei Agnes vinnig. 'Vorige week schreef Greet dat ze...'

'Zit er nog koffie in de pot?' onderbrak haar vader haar. Hij schoof haar zijn lege kopje toe. Onwillig stond Agnes op.

'Voor ons niet meer hoor, kind.' Gon hield haar hand boven haar kopje.

'U vond hem toch lekker?' vroeg Agnes verbaasd, de koffiepot al in haar hand.

'Hij is heerlijk, kind, daar ligt het niet aan. Maar zo zijn onze regels. Geen tweede koffie.'

'Maar jullie blijven toch wel éten?' vroeg Neel. 'Piet zou net boerenkool gaan snijden. Toen jullie er opeens stonden.' Ze schudde nog eens verbaasd haar hoofd. 'Dat je hier toch zomaar zit.'

'Speciale toestemming hoor,' zei Gon. 'En we mogen ook blijven eten. Ik hoopte al dat je het zou vragen. Maar we hebben niet veel tijd. Voorburg is een grote parochie, we moeten nog een heel stuk.'

'Wat gaat u eigenlijk doen?'

'Bedelen.' Gon lachte bij het ongelovige gezicht dat Agnes trok. 'Zusters moeten ook leven. We gaan alle parochianen af. Zo kom je nog eens ergens.'

Neel wierp een blik op de klok. 'Al zo laat? Over een uur staat het spul weer voor de deur.'

'De kinderen?' vroeg Gon. 'Fijn, dan kan ik die nog zien.' Ze schoof haar stoel achteruit. 'Kneel, wat kan ik doen? Aardappelen schillen?'

Het werd een onverwacht feestmaal.

De kinderen keken eerst schuw naar de twee zusters, maar waren binnen vijf minuten over hun verlegenheid heen. Ze smulden van de stamppot boerenkool en de worst van het vorig jaar geslachte varken. Net als de zusters. 'Alsof er een engeltje over je tong piest,' zei tante Gon.

De meisjes giechelden en Theo vroeg: 'Mag een zuster dat wel zeggen?'

'Vast wel,' zei Ansje. 'Zusters weten alles van engeltjes.'

'Zo is het,' zei tante Gon en iedereen lachte.

'Wat is het gezellig,' verbaasde Ria zich. 'Het lijkt wel vroeger.'

Na het eten toog het spul weer naar school. Laarzen, dassen, mutsen. Dik ingepakt liepen ze het laantje af, zich steeds omdraaiend om te zwaaien naar de zusters die zich ook reisklaar hadden gemaakt. De lange, zware mantels waren zo goed als droog, net als hun oversluiers en hun schoenen.

Op het laatste moment nam Gon haar even apart. 'Gaat het wel met je, zus? Ik vind je niks fit. Je at ook niet veel, zag ik.'

Ze zuchtte. 'Ik ben gauw misselijk, dat is het. Vooral 's morgens.'

'Hoe is het met tante Betje? Nog regelmatig?'

'Dat blijft al een tijdje weg. Ik weet niet waarom. Vroeger had ik dat nooit.' Ze haalde haar schouders op. 'Het zal wel weer overgaan.'

Gon knikte bedachtzaam. 'Vast. Als je maar geduld hebt. Luister... ik kan het mis hebben, maar misschien ben je in gezegende staat.'

Haar mond viel open. 'Bedoel je...?'

'Ja, dat bedoel ik. Ga maar eens naar de dokter. Wedden dat hij hetzelfde zegt?'

Verbijsterd zwaaide ze de zusters na, twee zwarte figuurtjes in een wijde, witte wereld waarop een plotselinge felle zon kristallen en parels toverde.

Van de verjaarscake die Trijn voor moeder had gebakken, was na tien minuten geen kruimel meer over. Toen alle schoteltjes leeggeschraapt waren, stoven de kleinkinderen naar buiten. De oudste dochter van Jan nam Ansje mee. Ze waren bijna even groot. 'We gaan knikkeren,' riepen ze.

De ouders bleven achter en Neel tuimelde terug in de tijd. Zo was het net vroeger. Moeder, de broers met hun vrouwen, Henk met zijn verloofde, Trijn en zij. Het enige verschil was Bennie. Trots keek ze naar haar zoon, die aan de overkant van de kring bij Trijn op schoot zat.

Zoals altijd als ze van een afstandje naar hem keek, verbaasde ze zich over het wonder dat haar overkomen was. De ongemakken van de zwangerschap, de pijn en de radeloosheid van de bevalling waren een lage prijs voor dat ventje en voor de tijd in de kraamkliniek. Tien dagen had ze kunnen uitrusten en hoefde ze zich alleen maar om Bennie te bekommeren. Met nieuwe moed kwam ze terug op Vlietsigt.

Ze fronste toen Trijn begon met 'Hobbel in de weg, gat in de weg'. Bennie had schik, maar als je zo wild met hem deed, raakte hij over zijn toeren. Zie, daar had je het al. Hij schrok en zette een keel op.

Vlug pakte ze hem over. Hij was abrupt stil en lachte twee parelwitte tandjes bloot. Op haar schoot kwam hij tot rust, zijn stevige lijfje voegde zich naar het hare en toen hij zijn duim nam, voelde ze hoe hij indommelde. Voldaan keek ze neer op zijn donkerblonde kuifje. Zo ging het bijna altijd. Hij kon nog zo verdrietig of boos zijn, als zij hem oppakte en aanhaalde, was het leed geleden.

Ze keek de kring nog eens rond en hoorde vaag waar ze het over hadden. Soldaten in Indië, emigreren naar Canada, textielbonnen, koffiebonnen. Het zou eens niet over de rantsoenering gaan. Je zou bijna vergeten hoe je zonder bonnen boodschappen deed.

Moeder nam niet deel aan het gesprek. Stilletjes zat ze op haar plaats naast de kachel. Haar bleke gezicht stak scherp af tegen haar hooggesloten zwarte japon en haar donkere ogen lagen dieper in hun kassen dan Neel zich herinnerde. Dacht ze aan An, aan Riek? Twee dode kinderen. Twee. Ze klemde Bennie tegen zich aan. Je moest er toch niet aan denken...

'Hoe gaat dat bij jou, Neel? Jij hebt nu ook grote kinderen.'

Verward keek ze naar Dora. 'Wat zeg je?'

'We hebben het over de jongelui van tegenwoordig. Dat danst maar, dat doet maar.' Ze gebaarde verontwaardigd.

'Jouw Rini toch niet?' schrok ze.

'Ben je gek, die is net achttien. Maar op de werf hoor ik het van de chauffeurs en in de kranten staat het ook. Het land moet weer opgebouwd worden, maar de huidige jeugd denkt alleen aan dansen en roken.'

Neel ging rechtop zitten. 'Bij ons goddank niet en Agnes hoeft het ook niet in haar hoofd te halen. Ze is nog geen twíntig. Dansen! Je moet de kat niet op het spek binden.'

Jan grinnikte. 'Je hebt ze daar aardig onder de duim, zus.'

'Dat moet wel. Anders nemen ze een loopje met je.'

'Dat is waar,' zei Piet. 'Weet je, Kneel, je doet het lang niet gek, geloof ik.'

Ze bloosde en had het gevoel dat ze centimeters groter werd. Kijk, dat was nou 'eigen'. Die zagen dat je je best deed, die vertrouwden erop dat je het voor elkaar kreeg.

Na de koffie maakten ze foto's. Henk had een fototoestel aangeschaft en op het achterplaatsje stelde hij hen op. Moeder in een stoel, de anderen eromheen. Toen hij er een paar gemaakt had, riep Trijn dat hij er zelf ook op moest. 'Alleen moeder met ons,' stelde ze voor. 'Zo vaak gebeurt het niet dat we allemaal bij elkaar zijn.'

'Allemáál?' vroeg moeder scherp.

Mia mocht de foto maken. 'Dichter bij elkaar,' gebaarde ze. 'En lachen alsjeblieft. Het is feest vandaag.'

Ja, het is feest, dacht Neel. Want ik ben thuis. Bij moeder, de jongens, Trijn. Bij de appelboom daar voor me, de pastorietuin erachter, de kerkklok met zijn zware galm. Thuis.

Na de foto's namen de broers en hun gezinnen afscheid. 'Tot morgen, moeder,' zei Jan, en Piet zei hetzelfde. 'Tot morgen, moeder.'

Ze beet op haar lip. De jongens kwamen dus nog steeds elke dag even aanlopen.

Toen iedereen weg was, oogde de kamer kaal en leeg. Met Bennie op haar heup begon ze de lege kopjes en schoteltjes te verzamelen.

'Geef mij dat kind maar,' zei moeder. 'Dan kun jij met Trijn opruimen en voor het eten zorgen.'

Op moeders schoot trok Bennie een wantrouwend lipje, maar hij greep algauw naar de gouden speld op haar japon. Neel fronste. Als hij zich maar niet prikte.

'Moeder, waar kan ik een centimeter vinden?' vroeg Mia. 'Dan neem ik boven de maat voor de gordijnen.'

Met een ruk keek Neel op. 'Hoezo?'

'Ja zusje,' zei Henk die een nieuwe sigaret opstak. 'Dat hebben we nog niet verteld, maar wij gaan straks boven wonen.'

'Boven,' echode ze.

'Ze moeten toch ergens wonen,' zei moeder. 'Over een paar maanden trouwen ze. Er is geen huis te krijgen en dus hebben we het zo beslist. Trijn en ik gaan hier vóór wonen en achter' – ze wees naar de schuifdeuren – 'slapen. Dat gaat best.'

Neel ging verder met de kopjes, leegde asbakken en haalde stoffer en blik om cakekruimels en plukjes tabak op te vegen. Ondertussen raasden haar gedachten. Henk boven, moeder en Trijn hier samen, Piet en Jan twee straten verderop. *Tot morgen, moeder.*

En zij zat in Voorburg. Alléén. Het kropte in haar keel en de stoffer en blik werden wazig. Alleen. In een gezin dat elkaar van haver tot gort kende. Dat praatte over dingen waar zij niets van wist, over de oorlog, over de familie. Nu ze Bennie had ging het beter, maar soms stak het de kop weer op. Als Piet nors was en stil, als de kinderen plotseling stopten met praten als zij binnenkwam, als Ria of Ansje huilend naar hun vader liepen, dan wist ze het weer. Tweede keus. Buitenstaander. Je hoort er niet écht bij.

De kamerdeur vloog open. Ansje. Met vuurrode wangen en een handjevol knikkers. 'Ik heb gewonnen,' juichte ze.

Ze schoot uit haar slof. 'Kijk nou wat je doet! Ga je voeten vegen.'

Ansje schrok, keek beteuterd naar de zwarte voetstappen op het kleed en sjokte terug. Haar stuiters rolden over de vloer.

'Gossie, Neel, kan het een beetje minder?' vroeg Trijn.

'Ze moet haar voeten toch vegen? Ik heb al genoeg werk.'

'Het is een kind! Ze was blij!'

'Ja, begin jij ook nog eens.' Driftig liep ze naar de keuken, waar ze de bonen die Piet had meegegeven begon af te halen. Het was maar goed dat ze straks weer naar huis ging.

's Middags ontsnapte ze naar de kerk. Moeder deed haar middagdutje, net als Bennie, die in de oude leunstoel van vader in slaap gevallen was. Trijn en Ansje, die samen een legpuzzel maakten, letten op hem.

Het licht in de kerk verwelkomde haar. Het viel door de halfronde ramen naar binnen en zette alles in een gouden gloed. In Voorburg was de kerk met zijn spitse ramen en bogen bijna altijd somber.

Ze maakte een kruisteken met wijwater en knielde in de voorste bank bij het Maria-altaar. Met aandacht bad ze een rozenkrans, steeds secuur haar duim op een volgende kraal zettend. In Voorburg deed ze dat vaak te gejaagd. Buiten adem van het haasten en het fietsen viel ze daar in een kerkbank neer en dan duurde het een tijd voor ze de genade van Maria ondervond. Nu stroomde die weldadige kracht bijna meteen door haar heen.

Na de rozenkrans vouwde ze haar handen en bleef gedachteloos zitten. Pas bij het slaan van de kerkklok drongen de dagelijkse dingen weer tot haar door.

Ze moest niet te laat weggaan straks. Morgen ging om vijf uur de wekker. Wasdag. Als Bart nu maar een kruiwagen hout voor het fornuis haalde en Agnes niet vergat om de was in de soda te zetten. Ze had het nadrukkelijk gevraagd. Maar als dat kind bij een vriendin was geweest, kon ze zo vol zijn van een nieuwtje of een pretje dat ze met haar hoofd in de wolken liep.

Maar goed, in het begin was het erger geweest. Agnes was helemaal geen regelmaat gewend. Na de dood van haar moeder had ze met een buurvrouw en een paar tantes het huishouden min of meer draaiende gehouden, maar zonder plan. Ze deden wat hun voor de voeten kwam.

Dat had ze als eerste veranderd. Vaste dagen voor het werk. Net als bij moeder en Dora. Maandag wasdag, dinsdag strijkdag, woensdag naaidag, donderdag slaapkamerdag, vrijdag wéér wasdag plus kamer, keuken, bijkeuken, en zaterdag schuur en erf aan kant, ramen zemen en schoenen poetsen.

Daarnaast was er het gewone werk van elke dag. Ook dat had ze Agnes moeten leren. Fatsoenlijk een slaapkamer doen bijvoorbeeld. Toen ze had uitgelegd hoe ze het zeil moest stoffen, had Agnes gezegd: 'Ik doe het altijd met de zwabber.'

'Dan kom je niet in alle hoeken en gaten.'

'Er zijn geen gaten,' zei Agnes boos.

'Ja, luister eens. Het hoort zo!' Neel viel op haar knieen en schoof over het zeil, in elke hand een stofdoek. 'Zo kun je overal bij en het is zo gebeurd.'

'En dat moet elke dag?'

'Ja, behalve op zondag. Heb je dat niet geleerd op de huishoudschool? En donderdags met een natte dweil. En als je opstaat, moet je je bed afhalen. Ook dat van de jongens. De meisjes doen het zelf. Dus niet zomaar dichtslaan. Alles stuk voor stuk in vieren vouwen en op die stoel leggen. Als je dan later de kamers doet, maak je éérst de bedden op. Nachthemden en pyjama's netjes in de nachtzak en die leg je óp de sprei. Daarna stoffen: de vensterbanken, de nachtkastjes, de plinten en als laatste de vloer.'

Agnes slaakte een diepe zucht. 'Maar...'

'Hoor eens, er moet weer gareel in dit huishouden komen. Je kan niet maar aan blijven flodderen.'

'En ík moet dat allemaal doen? En de anderen dan?'

'Die gaan naar school. Jij bent thuis.'

Schokschouderend deed Agnes wat ze had gevraagd. En Neel moest toegeven: ze deed het netjes. Geen half werk, zoals ze weleens zag als de andere meisjes hun taken deden.

Ze schrok van de brevierende kapelaan die langs haar bank liep en richtte haar blik weer op Maria. Wat zat ze hier te dromen? Maria zou wel denken.

Ze bad nog een Weesgegroet, sloeg een kruis en stond op. Bennie was misschien al wakker.

In haar haast botste ze achter in de kerk bijna op kapelaan Van der Heijden. Hij keek verstoord op, maar glimlachte toen hij haar zag en fluisterde: 'Nee maar, Neel Zandee. Ben je even over?'

'Moeder is jarig vandaag.'

'Dat mag je natuurlijk niet missen. Hoe gaat het met je?'

Ze glimlachte. 'Heel goed, meneer kapelaan.'

'Ik heb gehoord dat je een zoontje hebt gekregen. Hartelijk gefeliciteerd. Dus nu heb je... hoeveel kinderen?'

'Acht!'

'Toe maar. Ik heb bewondering voor je, hoor.'

Hij legde zijn brevier neer en zegende haar plechtig: 'Moge de goede God door Maria je helpen om wat je begonnen bent tot een goed einde te brengen.'

Dankbaar boog ze haar hoofd en daalde even later de kerktrappen af alsof ze vleugels had gekregen. Het gevoel bleef haar de rest van de dag bij en gloeide zelfs nog in haar na toen ze weer op weg was naar huis.

De tram denderde over de rails. Bennie sliep op haar schoot en Ansje zat met haar duim in haar mond tegen haar aan. Ze liet het maar zo. Het was per slot van rekening al lang bedtijd.

Achter de tramraampjes waren de verlichte kruisen op de kerktorens bakens in de duisternis. Ze dacht aan de woorden van de kapelaan. Ja, met Maria's hulp zou ze alles tot een goed einde brengen. Ze glimlachte. Eigenlijk was ze nog maar net begonnen.

1957

Na de zaterdagse wasbeurt ruimde ze de schuur op. Het was een bende, want de kleintjes hadden met hun vriendjes in een lege kas gespeeld en zaten van hun haren tot hun tenen onder de strootjes en het zand. Indiaantje en koiboitje waren ze geweest en hun kreten en uitgelaten verhalen over wat ze gedaan hadden, tuitten in haar oren. Maar hun ogen schitterden en zelfs Bennie had met een kleur als vuur nagedaan hoe hij met zijn zelfgemaakte pijl-en-boog rondsloop.

Tevreden had ze hen een voor een geboend, afgedroogd en in schone pyjama en met nat gekamde haren naar binnen gestuurd. Vlugvlug, voor ze kou zouden vatten in de kille buitenlucht.

Nu leegde ze de zinken teil, gooide het vuile ondergoed en de natte handdoek in de soda en bezemde de vloer schoon en droog. Ze spatten altijd alles onder. Vooral Heintje die graag speelde dat hij een snoek was. Bennie en Kaatje waren rustiger.

Toen ze voldaan de bezem wegzette en de schuurdeur achter zich sloot, reed er een auto het laantje op. Ze schrok toen ze de blauwe Opel van Henk herkende.

Op trillende benen liep ze de auto tegemoet en opende het portier toen hij nog maar nauwelijks stilstond.

'Moeder?' vroeg ze.

Henk knikte. 'Het loopt af. Ik kom je halen.'

Ze rukte haar schort los en haastte zich naar binnen om een andere jurk aan te schieten, het aan haar broer overlatend om Piet en de grote kinderen in te lichten. Nog geen tien minuten later reed de auto het laantje weer af.

Ze hadden het zien aankomen. Moeder ging de laatste tijd achteruit. Achtentachtig, wat wil je. Ze werd krommer en trager, kwam nauwelijks meer uit haar stoel en soesde steeds vaker weg. De laatste week wilde ze niet meer uit bed. 'Het is net een kaars die uitdooft,' zei Henk.

'Is ze bediend?'

'De pastoor komt als we er allemaal zijn.' Henk tuurde in zijn zijspiegel en passeerde een vrachtwagen. 'Jan is naar Heiloo om Gon te halen,' ging hij verder. 'Ik hoop dat ze mee mag.'

'Bij vader mocht het niet.'

'Je zóú ze toch...' zei Henk met een vuistslag op het stuur.

'Hénk!'

'Niet dan? Het is toch verschrikkelijk dat de orde dat verbiedt? Je eigen vader en moeder!'

'Het hoort erbij. Een leven van opofferingen. En Gon klaagt toch nooit?'

'Dat is vast ook verboden,' zei Henk grimmig.

De rest van de weg zwegen ze. Neel met haar handen samengeknepen. Als ze maar op tijd waren. Als moeder haar nog maar herkende. Toen ze de laatste keer thuis was, had moeder haar niet uitgezwaaid. Ze was in haar stoel bij de kachel blijven zitten, een zwart hoopje mens met spierwitte haarslierten over een roze schedel. Maar bij het afscheid had ze, als altijd, gezegd: 'Dag kind, oppassen hoor.' De tranen schoten in haar ogen. Zou moeder dat nooit meer zeggen?

In Hillegom stond de voordeur op een kier. Struikelend van haast holde ze naar binnen, rechtstreeks in de armen van Trijn. 'Rustig maar. Je bent nog op tijd.'

De broers en schoonzusters zaten bij elkaar in de voorkamer die blauw zag van de rook. Het leek wel een verjaardag. Haar hart sprong op toen ze de witte sluier van Gon ontdekte. 'Je bent er!'

Gon knikte blij. 'Moeder Agatha vond het goed, omdat ik moeder zo lang niet gezien had. En ze wist nog van vader en Riek...' Gedempt pratend nam ze Neel mee naar de achterkamer, waar het rook naar eau de cologne en ook naar urine.

Moeder was een kleine gestalte in een veel te groot bed. Haar ogen dwaalden rusteloos rond zonder hen te zien en steeds opnieuw sloeg ze de dekens weg.

Neel pakte haar hand. 'Ik ben het, moeder, Neel.'

Moeder rolde met haar hoofd over het kussen, trok haar hand los en schoof de dekens weer weg. Neel dekte haar toe en keek hulpzoekend naar Gon toen moeder zich opnieuw bloot woelde.

'Ze wacht op meneer pastoor,' fluisterde Gon. Ze keek op de wekker naast het bed. 'Hij kan er elk moment zijn.'

Het was zo. Toen moeder de stem van de pastoor in de gang hoorde, kalmeerde ze, maar ze leek niet te merken dat hij de slaapkamer binnenkwam, gevolgd door haar kinderen en schoondochters.

Met gevouwen handen schaarde de familie zich rond het bed. Gon schoof een witgedekt tafeltje met een kruisbeeld, kandelaars en wijwater dichterbij en stak de kaarsen aan.

Neel perste haar onderarmen tegen haar borst om het beven te beheersen.

De pastoor, in witkanten superplie en paarse stola, sprenkelde wijwater rond en gaf moeder het kruisbeeld in handen. Het plofte terug op de deken, maar Gon hielp haar het vast te houden.

Geknield baden ze de litanie van de stervenden. 'Sancte Petre, sancte Joannes, sancte Benedicte, sancte Camille.' In een niet-aflatende stroom riep de pastoor alle heiligen op om zich over moeder te ontfermen. Zijn eentonige stem en hun terugkerende gezamenlijke antwoord 'Ora pro ea' kalmeerden Neel. Het beven hield op en een groot vertrouwen sloop haar hart binnen. Moeder werd opgewacht door alle heiligen, door vader, door Riek, door An.

'Per istam sanctam...' Met olie en watten zalfde de pastoor moeders voorhoofd, oren, ogen, neus, mond.

'Wees gegroet, Maria,' stamelde moeder. Haar hoofd viel opzij. De kaarsen naast het bed flakkerden.

De pastoor verhief zijn stem. 'Vertrek, christen ziel, uit deze wereld, in de Naam van God de Vader almachtig...'

Met ingehouden adem greep Neel de arm van Henk. Moeder lag roerloos. Was het voorbij?

Trijn boog zich over het bed, haar oor bij moeders mond. 'Ze slaapt,' fluisterde ze.

Op hun tenen gingen ze terug naar de voorkamer. Trijn liet de pastoor uit.

Later op de avond werd moeder weer onrustig. Ze hijgde en plukte aan het laken. Trijn riep hen er allemaal bij en fluisterend overlegden ze of ze de dokter moesten halen. Moeders adem stokte. Nee, toch niet. Er kwam nog een ademteug en nog een, en na een hele tijd nog een.

En toen was het wél voorbij.

Uren later gingen ze naar bed. Gon beneden op de divan, Neel en Trijn boven op hun oude slaapkamer. Eerder op de avond had de oudste dochter van Piet – die met haar gezin de bovenverdieping bewoonde sinds Henk en Mia een eigen huis hadden – laten weten dat zij elders gingen slapen. Dan was het bed boven beschikbaar.

En zo lag Neel weer in haar oude slaapkamer, elf jaar nadat ze hier voor het laatst geslapen had.

Ze sliep bij vlagen. Af en toe leek ze in een diepe put te vallen om het volgende moment wakker te schrikken en zich af te vragen waar ze was. En dan wist ze het weer.

Ze lag naast Trijn. Beneden lag hun moeder. Dood.

Met brandende ogen staarde ze in het duister, de torenklok sloeg drie uur, vier uur, en beneden trok Gon de wc door. Dan werd het weer stil. Zo stil dat ze angstig luisterde of Trijn nog wel ademhaalde.

In flitsen keerde de lange avond terug. Moeders dwalende hand over het laken. Henks arm om Trijns schouders toen ze met zijn allen om het bed stonden. De snikken van Trijn toen ze moeder wasten en haar haar mooiste nachtpon aantrokken. 'Ach troel toch,' zei Trijn wel drie keer achter elkaar.

Tussen de flitsen van de avond door dacht ze ook aan thuis. Heintje wou haar niet laten gaan. Nóg voelde ze zijn stevige knuistjes om haar arm. 'Moe moet hier blijven,' brulde hij. De groten zouden hem wel getroost hebben. Annie was nogal handig met hem. Die had hem zo aan 't lachen.

Wie moest er mee naar de begrafenis? De kleintjes niet. Piets zwarte pak tevoorschijn halen en schuieren. Had Theo een donker pak? Welke hoed bij haar zwarte mantel? Paste die eigenlijk nog?

En dan weer gedachten aan haar moeder. Altijd in een voetlange, donkere jurk, altijd dat strak naar achteren gekamde haar. Streng. Vader was zachter. Die duwde je niet van schoot.

De beelden dwarrelden door elkaar. Moeder met Kaatje in haar armen. Heintje op zijn driewieler. Weer viel ze in een put.

Toen ze opnieuw wakker werd, was het ochtend. Trijn

stond al naast het bed. 'Ik heb als een blok geslapen,' gaapte ze.

'Hoe kon je? Ik heb de halve nacht wakker gelegen.'

'Weet jij...' klonk het nadrukkelijk, 'weet jij hoeveel nachten ik deze weken in touw ben geweest?'

Ze gaf geen antwoord. Als Trijn in zo'n bui was, moest je haar laten betijen.

Ze bleef nog even liggen, maar toen Trijn een peignoir aanschoot en de trap af ging, stond zij ook op. Het was vreemd en toch ook vertrouwd om zich hier weer te wassen en haar haar te doen. Er hing een ander haarzakje – versierd met keurige kruissteekjes – maar het gordijn rond de wastafel was nog hetzelfde. Ze had het indertijd zelf genaaid. De kraan piepte ook zoals vroeger. Elk ogenblik kon moeder roepen dat ze moest opschieten. Ze slaakte een trillerige zucht. Moeder lag tussen haar mooiste lakens, een rozenkrans in haar gevouwen handen.

Toen ze beneden kwam, stond Gon bij de kapstok. Ze deed net haar oversluier af.

'Was je al in de kerk? Ik dacht dat we samen zouden gaan.'

'We kunnen moeder toch niet alleen laten?' Gon mikte haar jas op de kapstok. 'Is Trijn ook al klaar?'

'Waar moet ik klaar voor zijn?' vroeg Trijn vanuit de keuken.

'Voor de mis van negen uur.'

'Verroest! Het is zondag. Helemaal niet aan gedacht. Kom, Neel, opschieten.'

Toen ze terugkwamen, wachtte Gon hen op. Ze had het tafeltje in de keuken gedekt. De thee was ingeschonken, een beschuit met suiker stond klaar. Van het fornuis kwam de geur van havermout.

'We hadden geen geld voor de collecte,' zei Neel. 'Ik was in de haast mijn tas vergeten, gisteren. Trijn had ook niks. Ik schaamde me dood.'

'Ik had er niet aan gedacht,' zei Trijn. 'Moeder gaf het altijd mee.'

Gon schoot in de lach. 'Ze hield de knip zelf, hè?'

'Tot het laatste moment. Hij ligt in haar nachtkastje.' Trijn schudde verbaasd haar hoofd. 'Ik kan hem zo pakken. Nu hoef ik er nooit meer om te vragen.'

'Moeder draaide elke cent om.'

'Niet altijd,' zei Trijn. 'Weet je nog dat ze kleine Piet een pakje roomboter voor Sinterklaas gaf? Omdat hij daar zo gek op was. Boter was toen nog op de bon.'

'Met andere dingen was ze wel zuinig,' zei Gon. 'Je weet toch die briefkaart van Jan? Toen hij onder dienst was?'

'Nee?' zei Trijn. 'Ik was toen nog een kind.'

'Jan liet nooit iets van zich horen,' vertelde Gon. 'En dat zat moeder dwars. Dat zal ze wel tegen hem gezegd hebben, want op een dag kwam er een briefkaart. En wat stond erop? "Ik maak het goed, groeten Jan."'

'En toen...' Gon hikte van het lachen. 'Toen schreef moeder erop: "Wij ook." En ze stuurde hem retour afzender. Scheelde toch mooi een briefkaart en een postzegel.'

Trijn proestte het uit. 'Die troel!'

'Over Jan gesproken,' zei Gon met een blik op de klok. 'Hij komt me zo halen.'

'Wat!? Moet je nu al weg?'

'Wat dacht je dan? Ik was al blij dat ik mocht gáán. Het is tegen de regels. Toen vader...' Gon veegde een traan weg. 'Van moeder heb ik goddank afscheid kunnen nemen.' Ze stond op om de tafel af te ruimen.

'Maar de pastoor komt zo,' zei Trijn. 'En de begrafenisondernemer. Piet zou hem telefoneren.'

'Dat redden jullie best zonder mij.' Gon stapelde de papkommen op.

'Maar voor de begrafenis kom je toch wel?'

Stil schudde Gon haar hoofd.

'Echt niet?'

'Je kent de regels toch, Trijn?'

Trijn sloeg haar handen voor haar gezicht en huilde opeens met gierende uithalen. 'Wat moet ik nu?' snikte ze. 'Wat moet ik nu?'

Gon ging naast haar zitten en legde een hand op haar arm. 'Het komt wel goed, Trijn. Heus. Je moet sterk zijn.'

Met betraande ogen keek Trijn op. 'Maar moeder is... was mijn leven. Wat moet ik zonder haar? Jullie gaan terug naar je gezin, naar je werk. Maar wat heb ik? Niks! Ik ben veertig jaar en ik heb helemaal níks.' Het laatste woord was een noodkreet.

Neel stond op. De stoelpoten schraapten over het graniet. Met tranen kreeg je moeder niet terug.

‘Luister,’ zei Gon. ‘Als God een deur sluit, opent hij ergens anders een raam. Daar moet je aan denken. En we zien moeder terug in de hemel. Daar moet je ook aan denken.’ Ze klopte nog eens op Trijns arm. ‘Ik zal voor je bidden.’

Een uurtje later zwaaiden ze samen door een kier van de gordijnen Gon uit.

‘Het doet elke keer weer zeer,’ zei Trijn toen de auto om de hoek verdween. ‘Zo ben je onder elkaar en zó’ – ze knipte met haar vingers – ‘is het voorbij. En wie weet hoelang het nu weer duurt. Ik had haar een jaar niet gezien.’

‘Vorige zomer toch nog? Toen we met zijn allen in Heiloo waren?’

‘O ja, dat is waar. Moeder had toen die vreselijke hoed op. Weet je nog? Met die dot tule bovenop. Mia zei...’ Trijn gierde het uit. ‘Mia zei nog dat het net een dooie kraai leek.’

Snel schoof Neel de vitrage en de overgordijnen weer dicht. ‘Je kunt nu niet voor het raam staan lachen.’

Ze raapte het fotolijstje op dat door het bruuske dichttrekken van de gordijnen van de vensterbank was gevallen. Het glas was gelukkig nog heel. Het was een foto van haar drietal. Vertederd veegde ze met een mouw het stof eraf en zette hem op de piëdestal van de sansevieria. Haar kinderen hoefden niet achter het gordijn.

‘We moeten eens foto’s laten maken,’ had ze gezegd.

De kleintjes groeiden zo snel dat ze nu al niet meer wist hoe ze er een jaar geleden uitzagen, en de foto’s die je zelf maakte – Theo prutste weleens met zo’n toestelletje – waren armoedig. Je moest een vakman hebben. Trouwens, nu waren ze alle tien nog thuis. Als ze verkering kregen en trouwden, had je ze niet meer bij elkaar. En Greet was al half-en-half het huis uit, want op een verpleegstersopleiding was je intern.

‘Heb je weer wat?’ vroeg Piet fronsend. ‘Wat kost dat niet? Theo kan toch ook een foto maken?’

‘Dan staat hij er zelf niet op,’ zei ze en toen Piet daar niet van terug had, liep ze bij de fotograaf in het dorp binnen om een afspraak te maken.

‘Hier in de studio?’ vroeg hij.

‘Nee, thuis,’ besloot ze. ‘Zaterdagmiddag. Na vijven. Dan is het hele spul thuis. Greet is uit de nachtdienst en Jenje is dicht.’

De fotograaf trok zijn wenkbrauwen op. ‘De modezaak?’

‘Daar werkt Annie.’

‘Ah... juist,’ zei de fotograaf en noteerde de afspraak.

De hele zaterdagmorgen was ze met Agnes in touw. Naast het gewone werk van de buitenboel – ramen zemen, straat schrobben, grind harken, deurbel poetsen – moesten in de slaapkamers de zondagse kleren klaarliggen, vlekkeloos en gestreken. En voor de jongens een schone zakdoek. De meisjes dachten daar zelf aan.

Het schone ondergoed lag klaar in de schuur. Na school gingen ze daar alle tien in de teil. Nog nadruipend renden ze het huis weer binnen en de trap op om zich boven verder aan te kleden. Het scheelde tijd dat de meisjes en zij de avond ervoor hun haar in de krul hadden gezet.

Als laatste verkleedde ze zichzelf in haar nieuwe lichtgrijze *deupjès* met de grote knopen. Ze was net op tijd klaar om de deur voor de fotograaf open te doen.

'Hij is er!' riep ze naar boven. Een voor een kwamen ze naar beneden. Ze zagen er keurig uit. De nieuwe *plusvor* – hij noemde het zelf een drollenvanger – stond Theo goed en Barts lichte zomerkostuum mocht er ook zijn.

De kleintjes waren al kant en klaar. Bennie zat zoet te tekenen aan de keukentafel. Daar had je nooit een kind aan. Kaatje trappelde van ongeduld tot Ria klaar was met de strik in haar haar en Heintje rammelde aan de spijlen van zijn box. Hij wou eruit. Maar dat kon pas als iemand hem stevig vastgreep, anders kroop hij regelrecht naar de zandbak of de sloot.

Terwijl de fotograaf buiten rondkeek naar de beste plek om de foto te maken, schuierde ze de revers van Piet en trok voor de spiegel haar eigen witte kraagje recht. Haar haar zat stevig in de slag. De rollers en spelden hadden de hele nacht venijnig in haar hoofdhuid geprikt, maar dat hoorde erbij. Wie mooi wou zijn, moest pijn lijden.

Op het laatste moment schoot ze in haar nieuwe

schoenen. Had ze toch bijna haar oude pantoffels aangehouden! En ze was nog wel zo trots op de hoge hakken en open tenen. 'Sjiek de friemel' had Trijn erover gezegd.

In optocht liepen ze naar de boomgaard. Dat was de beste plek, vond de fotograaf. Hij had al wat stoelen uit het prieel klaargezet. Het duurde lang voor hij tevreden was over de opstelling, maar uiteindelijk was het naar zijn zin en klikte hij een paar keer.

'Het werd tijd,' zei Bart. 'Ik heb kramp in mijn kaken.'

'Doen jullie maar gauw je goeie goed uit,' zei Neel. 'Dan blijft het netjes voor de zondag.' Ze trok Piet, die wilde opstaan, aan zijn mouw. 'Nee, jij niet, man. Wij moeten nog met de kleintjes.' Ze gebaarde naar de fotograaf. 'En een van de kleintjes apart.'

'Ik ook?' vroeg Ansje. Ze bleef achter de kleintjes staan, haar handen op Bennies schouders. 'Mag ik er ook weer op?'

Neel schudde haar hoofd. 'Alleen de kleintjes.'

Agnes trok Ansje mee en sloeg een arm om haar heen. Greet mompelde: 'Het zal niet waar zijn.'

Ze deed alsof ze het niet hoorde. Dat gezeur van die groten. Mocht ze ook eens met haar eigen kinderen op de foto? Ze zette Heintje bij Piet op schoot en trok Bennie en Kaatje dicht tegen zich aan.

'Goed vasthouden, meneer, dat ventje,' zei de fotograaf. 'Anders duikelt hij straks van uw schoot. En een beetje vrolijk kijken, alstublieft. Het is zo gepiept.'

Piet zuchtte diep, maar ze deed opnieuw alsof ze

doof was. Straks zou hij wel zeggen: 'We hebben tien kinderen, vrouw, geen drie,' maar dat merkte ze dan wel weer. Nu wilde ze een foto met zijn vijven. Zo had ze het afgesproken. En ook nog een van de drie kleintjes samen.

Piet wachtte die laatste foto niet af. Hij plantte Heintje op de grond en beende weg. Heintje begon van schrik te huilen.

Ze troostte hem en toen de fotograaf hen opnieuw opstelde – Bennie in het midden boven op het tafeltje en de andere twee in de stoeltjes ernaast – was het leed geleden.

Toch wilde de stemming er niet meer in komen. De kinderen bleven bedrukt kijken, hoezeer de fotograaf ook zijn best deed om hen aan het lachen te krijgen. Alleen Bennie produceerde gehoorzaam een schuchter lachje.

De pastoor kwam na de laatste mis. Hij condoleerde hen, liet de sigaar die Piet hem aanbood in een zak van zijn toog glijden en accepteerde een kopje koffie van Trijn. Hij kwam vrij snel ter zake. 'Dat wordt dan dinsdag de avondwake en woensdag de uitvaart.'

'Dat is Aswoensdag!' riep Trijn. 'Kan het niet op dinsdag?'

Neel schudde heftig haar hoofd naar Trijn. Je kon meneer pastoor toch niet tegenspreken?

'Dan héb ik al een uitvaart,' zei de pastoor koel. 'En ook nog een huwelijksinzegening.'

‘Maar op Aswoensdag is het zo somber in de kerk. Alles paars, geen orgel, geen koor.’

‘En géén bloemen.’ De stem van de pastoor klonk nu ijzig. ‘We doen boete voor alle zonden van het afgelopen jaar.’

‘Moeder hééft geen zonden begaan, zeker in het afgelopen jaar niet.’ Trijns stem beefde. Ze tastte naar een zakdoek en toen ze die niet vond, liep ze de kamer uit.

De pastoor schraapte zijn keel. ‘Woensdag dus. Twaalf uur.’

‘En de kosten?’ vroeg Piet.

Neels gedachten dwaalden af. Aswoensdag. Een akelige dag. Vorig jaar... En het askruisje dan? Kreeg je dat bij een begrafenismis? Of moesten ze dat eerst in Voorburg halen? En waar zat Trijn eigenlijk? Het was toch geen manier om zo weg te lopen.

Na het vertrek van de pastoor vond ze Trijn in de sterfkamer. Met haar hand op moeders gevouwen handen zat ze stil naast het bed. ‘Ze is zo koud,’ klaagde ze. ‘Zó koud.’

Neel keek naar haar moeder, die elk uur minder op haar moeder leek en slikte het standje dat ze Trijn wilde geven in. ‘Kom. We moeten iets eten. Er is nog wat soep.’

’s Middags was het een komen en gaan van buren, kleinkinderen en neven en nichten. Trijn ontving hen, liep met hen de sterfkamer in en uit en praatte, snikte en lachte door elkaar. Neel verbaasde zich, zoals altijd als ze haar zuster een tijdje niet had gezien, over de woordenstroom die bij Trijn nooit opdroogde. Zelfs nu niet.

Haar eigen dikke keel hield elk woord tegen en zolang ze maar op een pannetje boende of de overgekookte soep van het fornuis krabde, leek het 'nooit meer, nooit meer' dat in haar gedachten rondtolde stil te vallen.

Aan het eind van de dag was ze doodmoe en toen Henk haar in de regen terugreed naar Vlietsigt brachten de zwaaiende ruitenwissers en het gebrom van de motor haar op de rand van slaap.

'Dus Aswoensdag?' zei Henk naast haar. 'Jammer. Moeder hield zo van het orgel.'

Ze gaf geen antwoord, want opeens wist ze wat er in haar achterhoofd zeurde bij het woord Aswoensdag. Deze keer liet het zich niet wegduwen, al was het meer dan een jaar geleden gebeurd.

'We trouwen vóór Aswoensdag,' had Agnes gezegd. Het was op de avond dat de verkering ook aan tafel zat. Om acht uur waren ze binnengedruppeld. Frans van Agnes, Dolf van Annie en Jan van Greet. Na de thee hadden ze een kaartje gelegd, een zak olienoten soldaat gemaakt en weer eens de grote legpuzzel van de schaapjes gemaakt. Het was een wonder dat hij nog compleet was, maar deze keer bleek het laatste stukje echt weg te zijn. Ze zochten de tafel en de vloer af en wilden de plaat met de puzzel al onder het dressoir schuiven – zonde om hem meteen uit elkaar te halen – toen Piet het stukje uit zijn zak opdiepte. 'Ik geloof dat ik het heb,' zei hij langs zijn neus weg. De kinderen grinnikten. Pa had zijn kunstje weer eens geflikt.

Ze vouwde haar verstelwerk op. Ze had vijf sokken gestopt, een winkelhaak in een pyjama versteld en een paar kniestukken op een broek gezet. Het was welletjes. Geeuwend pakte ze haar naaidoos in. Bijna iedereen was al naar boven en naar bed. Alleen Frans van Agnes bleef plakken. Hij rekende iets uit op een vel papier. Fluisterend wees hij Agnes de cijfers aan, hun hoofden dicht bij elkaar over het papier gebogen.

Zou je niet eens opstappen, Frans? Het lag haar op het puntje van haar tong, maar ze hield het binnen. Frans kon erg rap en rechtstreeks uit de hoek komen en Agnes kon opvliegen om een kleinigheid, zeker als ze iets ten nadele van Frans zei.

Ze gaapte nog eens. Ze wilde naar bed. Als Piet niet gauw zou zeggen: 'Het is mooi geweest voor vandaag,' zou ze zelf haar mond opendoen.

Agnes legde haar handen plat op tafel en ging rechtop zitten, met stralende ogen. 'Luister eens,' zei ze. 'We hebben het geld bij elkaar. We gaan trouwen.'

Neel was verbluft. De twee hadden pas een paar jaar verkering en Frans was nog maar net voor zichzelf begonnen. Na zijn diensttijd in Indië had hij een verlopen groentewinkeltje overgenomen. Je moest wat als je geen rooie cent had.

'Zo...' zei Piet. 'Gaan de zaken zo goed?'

'Ik mag niet mopperen.' Frans leunde achterover, zijn handen onder zijn achterhoofd. 'Ik krijg elke week nieuwe klanten. De wijk kost me nu al de hele morgen. Als we trouwen, gaat Agnes de winkel doen.' Hij gebaarde naar het papier. 'Dan hebben we daar ook inkomsten van.'

Met blozende wangen en een verzaligde blik strekte Agnes haar armen, alsof ze de hele wereld wilde omhelzen. 'We trouwen zo snel mogelijk.'

'En dat zeg je zomaar even?'

Frans grijnsde en sloeg een arm om Agnes. 'Hoe moeten we het dan aankondigen? Op onze knieën?'

'Ach jij.' Frans was net als haar broers en Trijn. Altijd ergens de draak mee steken.

Piet klopte zijn pijp leeg. 'Laat dat lijstje eens zien.' Hij bestudeerde de cijfers en knikte bedachtzaam. Zijn vinger tikte op een bedrag. 'Als jullie hiervan rond kunnen komen, dan moet het maar. Wanneer dacht je precies?'

'Vóór Aswoensdag,' zei Agnes. 'Tijdens de vasten mag je niet trouwen.'

'Niks daarvan hoor,' zei Neel terwijl ze de krant met de lege pindadoppen in elkaar rolde. 'Je trouwt maar na Pasen.'

'Ná Pasen?!' Agnes vloog op. 'Waarom dan pas?'

Frans klopte kalmerend op haar schouder.

Kijk nou eens hoe ze erbij zit, dacht Neel. Die vlammende ogen, die over elkaar geslagen armen. 'Wat denk je?' vroeg ze. 'Om de schoonmaak natuurlijk. Anders sta ik er in mijn eentje voor.'

'De schoonmaak...' zei Frans effen. 'Juist. Die gaat natuurlijk voor.'

Ze bekeek hem achterdochtig. Hij lachte haar toch niet uit?

'Nou hoor je het eens.' Agnes stootte Frans aan. 'Daar ben ik goed voor. De schoonmaak. Maar ik doe het niet. We trouwen vóór de vasten. Vóór Aswoensdag.'

'Het gebeurt níét,' zei Neel en stond op om haar naaidoos en verstelmand in het dressoir te zetten.

Piet sloot vermoeid zijn ogen. 'Moet dat nou zo, vrouw? De schoonmaak kan toch wel wat minder? En Annie kan helpen.'

'Alsof dat genoeg is. Ik wil het niet hebben. Je trouwt ná Pasen.' Ze klapte het dressoirdeurtje dicht en liep met samengeperste lippen naar de slaapkamer.

Driftig kleedde ze zich uit en stapte in bed. Maar de slaap wilde niet komen, hoe ze zich ook van de ene op de andere zij gooide. Uit de huiskamer drongen vage geluiden tot haar door. De opgewonden stem van Agnes en de kalmerende van Piet. Ook Frans deed een paar duiten in het zakje. Ze hadden het zeker weer over haar, dat ze kwaad was weggelopen. Maar wat moest ze anders als ze niet luisterden? Ze had gezegd dat het om de schoonmaak was. Daar konden ze toch rekening mee houden? Agnes wist hoeveel werk dat was. De kachel naar de vliering, de kasten leeg, de bedden uit elkaar, de lampen eraf, de kleren en dekens luchten, de kleden en gordijnen over de klopstok, de vloeren in de was, de traproeden poetsen, nieuw papier in de kasten en laden. Al die karweitjes waaraan je bij de gewone beurten niet toekwam. En die allemaal voor Pasen klaar moesten zijn.

Machteloos veegde ze een paar tranen weg. Ze stond ook overal alleen voor. Want Piet koos natuurlijk partij voor Agnes. Die kon in zijn ogen geen kwaad doen. Maar had zij geen rechten dan? Wie had dat huishouden hier weer op poten gezet? Wie sjouwde dag in, dag uit om het iedereen naar de zin te maken? Zij was ook de jongste niet meer. En als ze nu maar eens goed sliep. Maar dat was de laatste tijd huilen met de pet op. Inslapen, ho maar, en om de haverklap zwetend wakker worden. Soms was ze drijfnat. Maar daar ging ze niet mee te koop lopen. Die dingen hield je voor jezelf.

Een kwartiertje later hoorde ze Agnes de trap op gaan en schoof Piet naast haar in bed. In het donker vroeg hij het nog een keer: 'Moet dat nou zo, vrouw? Ze hebben toch de leeftijd om te trouwen? En je kan toch weleens wat toegeven?'

Als ze het niet dacht. Hij stond aan hun kant. Ze gaf geen antwoord en draaide zich op haar zij, haar rug naar hem toe.

Drie dagen lang hield ze haar mond. Geen woord kregen ze uit haar. Zelfs Annie en Theo niet, die af en toe schuchter iets vroegen of haar aan het lachen probeerden te maken. De anderen liepen met een boog om haar heen. Zie je wel, ze stond overal alleen voor. Zelfs Piet zei niets meer tegen haar. Elke avond schoof hij zuchtend naast haar in bed.

De vierde dag moest ze haar mond wel opendoen omdat Trijn kwam aanwaaien. Dat deed ze wel vaker, samen met broer Piet. Benieuwd hoe Neel het maakte en hoe de tuin bij hun zwager ervoor stond. Terwijl de mannen 'tuinden' trok Trijn haar mee naar de lege keuken. 'Ik hoor dat Agnes in het huwelijksbootje stapt?'

Met een ruk keek ze op. 'Hebben ze jou d'r op afgestuurd? Moet jij me ompraten?'

Trijn grinnikte. 'Alsof jij je laat ompraten, zus.' Ze greep een kopjesdoek en wees naar de vaat op de aanrecht. 'Als jij wast, zal ik drogen.'

Neel vulde een ketel met water, smeet een paar ringen van het fornuis opzij en bonkte de ketel in het gat. Met nijdige gebaren pookte ze het fornuis op. 'Waarom wachten ze niet?' zei ze met haar rug naar Trijn toe. 'Wat maken die zes weken uit?'

'Ze zijn jong, Neel. Dan duren zes weken lang. Waarom neem je het zo hoog op? Alleen om de schoonmaak?'

'Weet je hoe groot dit huis is?' Ze hing de pook op en keek Trijn aan. 'Weet je hoe ik hier sjouw? Weet je hoe hier gerookt wordt? Alles is vergeeld: de vitrage, het behang, de gordijnen, alles. En hoeveel stof er in zo'n oud huis zit? Het is tweehonderd jaar oud! Er zit nog een poepdoos in. En dit kolenfornuis!' Ze gaf er een trap tegen. 'Zelfs moeder kookt al op gas.' Machteloos zakte ze op een stoel.

'Ik weet het,' zei Trijn. 'Ik weet het, heus. Je hebt het soms zwaar. Dat zie ik ook wel...' Ze pakte haar zus bij de schouders. 'Neel, kijk me aan en luister: er is meer in het leven dan de schoonmaak. Hoor je me? Er is meer in het leven dan...'

'Jaha, ik hoor je.' Ze rukte zich los en haalde toen haar schouders op. 'Nou ja... als jij vindt... als jij het zegt...'

En zo trouwde Agnes een week voor Aswoensdag, precies op haar zevenentwintigste verjaardag.

De kist stond voor het altaar, onder een paars kleed waarop een zwart kruis was geborduurd. De pastoor droeg een paars kazuifel, het altaar was bedekt met een paarse loper, het tabernakel ging schuil achter een paars gordijn. Door de kerkramen viel een grauw licht. Het was een zwaarbewolkte dag en de gestaag vallende regen droop langs het glas.

Neel, in de voorste bank tussen Piet en Trijn, vouwde haar handen, knielde, ging staan of zitten als de anderen het deden, maar haar gedachten waren niet bij de mis of bij de woorden die de pastoor sprak. Ze waren alleen bij het leven van haar moeder, alsof ze dat pas kon overzien nu het voorbij was.

Eigenlijk wist ze er maar weinig van. Moeder was geen prater.

Boerendochter uit Rijnsburg, middelste kind van drie uit het tweede huwelijk van haar vader, vijf halfbroers en -zussen. Geen van hen was nog in leven. Moeder had ze allemaal overleefd, net zoals ze vijf van haar elf kinderen, twee kleinkinderen en haar man had overleefd.

Voor het eerst besefte ze hoe vaak de dood in het leven van haar moeder had aangeklopt. Had ze daardoor die harde lijnen in haar gezicht? Als jonge moeder had ze die niet. Ze herinnerde zich vrolijkheid en ook gezelligheid, hoewel moeder streng kon zijn en weinig geduld had. Ze was altijd bezig, in huis, in de moestuin of in het weitje waar vader wat koeien en paarden had lopen. 'Een vrouwenhand en een paardentand staan nooit stil,' zei ze weleens.

De pastoor draaide zich om en daalde, begeleid door de misdienaars, de altaartrappen af naar de kist waar hij met gespreide handen en gesloten ogen over het Laatste Oordeel sprak.

'Dies irae, dies illa.'

Nu lette ze wel op. De bekende woorden die ook nu weer een rilling over haar rug deden lopen, maar die ze desondanks meelas in haar missaal. *Die dag zal wezen een dag van gramschap, van rampspoed en ellende, een grote dag en bitter bovenmate.*

De missiepaters preekten ook over deze dag. Elk jaar kwamen ze de parochie waarschuwen. Dan schreeuwden ze van de preekstoel hoe de hemel zou opensplijten en hoe God, hoog gezeten op zijn troon, de zondaars naar links stuurde, naar de hel waar ze eeuwig moesten branden, kronkelend van pijn en wanhoop.

Met stijf dichtgeknepen ogen bad ze voor haar moeder, maar eigenlijk ook voor zichzelf. Dat ze maar nooit naar links zou worden gestuurd. Deed ze wel genoeg? Moest ze niet geduldiger zijn? Harder werken? Nóg beter op de meisjes letten? Als die niet netjes trouwden, was het háár schuld. Háár doodzonde. 'Kyrie eleison, Heer ontferm U over ons, Heer ontferm U over ons,' bad ze uit de grond van haar hart.

Agnes was netjes getrouwd. Vorige maand was ze bevallen van een zoon. Opgelucht had ze de maanden geteld. De haast om te trouwen had geen verkeerde reden gehad.

Nu waren er nog vier dochters over. Nee, vijf. Kleine Kaatje was er ook nog. Vijf dochters die ze op hun bestemming moest brengen.

Annie en Dolf wilden volgend jaar trouwen. Ze waren al aan het sparen en de uitzet groeide bij elke verjaardag. Maar volgend jaar was ver weg, nog een heleboel zondagmiddagen en woensdagavonden waarop ze hen in de gaten moest houden. Vooral over die woensdagavonden zat ze in. Dan was het donker en als het afscheid bij de achterdeur te lang duurde, bonkte haar hart. Wat voerden die twee uit? Laatst had ze op zo'n avond de deur van het prieel horen dichtslaan. Ze lag al in bed en wachtte tot ze Annie op de trap hoorde. Maar bij die dichtslaande deur vloog ze haar bed uit en naar buiten waar ze Dolf nog net zag wegfietsen. Annie zwaaide hem na.

Voor ze iets had kunnen zeggen of vragen, nam Annie haar bij de arm. 'Kom moe, naar binnen. U vat kou. Kon u niet slapen? Zal ik wat melk voor u warmen?'

Kleine kinderen, kleine zorgen. Grote kinderen, grote zorgen. Zij had ze allebei. Daar las je nou nooit iets over. In de *Beatrijs* stond een vervolgverhaal over de zingende familie Von Trapp. Als het blad in de bus viel en ze een vrij kwartiertje had, sloeg ze dat verhaal als eerste op. Het was net haar eigen verhaal. Augusta von

Trapp trouwde met een weduwnaar met zeven kinderen en kreeg er zelf drie kinderen bij. Maar het verhaal ging altijd over zingen en over concerten, nooit eens over de zorgen die je had als je andermans kinderen grootbracht of over hoe je jonge meisjes in het gareel hield.

Ze schrok van de consecratiebel. Waar zat ze met haar gedachten? Haar moeder werd begraven en zij dacht aan de familie Von Trapp. Ze rechtte haar rug, vouwde haar handen en vroeg om kracht en vergiffenis. Langzaam bedaarden haar onrustige, springende gedachten. Dat was het wonder van de mis. Ze kon nog zoveel hartzeer of zorgen hebben, als ze de vertrouwde Latijnse woorden hoorde, als ze in eerbied haar hoofd boog, werd alles lichter. Zelfs het verliezen van haar moeder.

En toen de pastoor aan het einde van de mis de engelen vroeg om moeder naar het paradijs te brengen, daalde er vrede in haar neer. Het was goed zo.

Toen ze thuiskwamen op Vlietsigt waren ze daar net klaar met eten. Iedereen was nog in de keuken. Bart rolde een sigaret, Ben leerde zijn catechismusles, Heintje zat op de grond met zijn dinky toys en Kaatje zat te lezen. Ze zou eens niet lezen, dat kind. Annie en Ria deden de vaat terwijl ze uit volle borst met de radio meezongen: *Twee reebruine ogen keken de jager an. Twee reebruine ogen die hij niet vergeten kan.*

Piet zette de radio uit en ging in zijn stoel zitten. 'Hebben jullie nog iets voor ons overgelaten?'

Dat hadden ze. De klaargemaakte boterhammen lagen in de broodtrommel. Annie zette vlug een pot thee.

Kaatje zat met opgetrokken knieën op haar stoel, haar neus bijna ín haar boek. Theo klapte een hand op het boek en eiste: 'Laatste woord!'

Zwijgend duwde Kaatje zijn hand weg en keek toen verbaasd op. 'Zijn jullie al terug?'

Iedereen lachte. 'Had je dat nou echt niet gehoord?'

Kaatje boog zich weer over haar boek. 'Het is zo spannend. Ik zie het allemaal voor me.'

'Dat bestaat niet. Daarvoor lees je veel te vlug.' Theo griste het boek weg en verstopte het achter zijn rug. Kaatje gilde en begon aan hem te sjorren, maar voordat ze het boek terug kon pakken, greep haar vader het. 'Bedtijd!' zei hij en legde het boek op een hoge plank.

Neel pakte de rozenkrans. 'We bidden voor oma.'

Ze gleden allemaal op hun knieën, hun ellebogen op de stoel, hun handen gevouwen voor het dagelijkse rozenhoedje.

Neel bad met gesloten ogen voor, maar deelde een por of een waarschuwende blik uit als ze merkte dat de kleintjes zaten te vervelen. Heintje had daar een handje van. Met gekke bekken probeerde hij de anderen aan het lachen te maken. Bennie zag het niet, maar Kaatje proestte het af en toe uit.

Pas toen Piet een pets uitdeelde, bond Heintje in en konden ze in alle rust het gebed afmaken. Daarna vergeleken de kinderen, net als elke avond, de ribbels in hun knieën. 'Dat moet je voor Onze Lieve Heer overhebben,' zei Neel.

Ze gaf de kleintjes hun lepel levertraan en luisterde met een half oor naar Ben, die met zijn catechismus naar Ria ging. 'Les 45. Over de zonden. Ik ken hem helemaal.'

Ria overhoorde hem. 'Welke straf verdienen wij door de doodzonde?'

'Door de doodzonde verdienen wij de eeuwige straf van de hel,' dreunde Ben.

Ze zuchtte. Dat was de tweede keer vandaag. De hel.

'Vooruit, naar bed,' jachtte ze toen Ria de catechismus dichtsloeg en Ben een pluim gaf. Ze dreef de kinderen de trap op, ondertussen aarzelend of ze hun avondgebedje over zou slaan. Voor één keer kon dat toch geen kwaad? De gedachte aan de hel gaf de doorslag.

Ze hoefde het niet meer voor te zeggen. De kinderen kenden het vanbuiten. Op hun knietjes voor het jongensbed zeiden ze het op. '*'s Avonds als ik slapen ga, volgen mij veertien engeltjes na, twee aan mijn hoofdeind, twee aan mijn voeteneind, twee aan mijn rechterzij, twee aan mijn linkerzij, twee die mij dekken, twee die mij wekken en twee die mij wijzen naar 's Hemels paradijzen.*'

Bij de laatste regel kwam moeders kist haar weer voor ogen. Snel veegde ze een traan weg. De kinderen hoefden niet te zien dat ze huilde. Dat maakte hen maar van streek en wat moest ze zeggen? Hoe kon je de dood uitleggen?

Terwijl ze Heintje en Ben toedekte en instopte, hoorde ze Kaatje op vlugge voetjes de trap af gaan en even later met dezelfde vaart terugrennen.

'Ik moest zo nodig,' zei ze ter verklaring. Ze had vast haar boek uit de keuken gehaald, dacht Neel, maar ze was te moe om er werk van te maken. Het was toch te donker om te lezen.

Ze stopte haar dochter in en maakte met duim en wijwater een kruisje op haar voorhoofd. 'Welterusten.' Doodop draaide ze het licht uit.

'Moe?' vroeg Kaatje in het donker. 'Vindt u het erg van oma?'

'Ze was achtentachtig,' zei Neel.

'Maar...'

'Niks maar. Nu lekker slapen. Welterusten.'

1966

Hijgend van het fietsen schoof ze de kerkbank in. Net op tijd. De pastoor stond al aan de voet van het altaar en sloeg een kruisteken. 'In de Naam van de Vader en de Zoon...'

De mis begon. Ze opende haar nieuwe missaal om mee te lezen. 'Binnentreden zal ik tot het altaar Gods.'

Ze onderdrukte een zucht. Nog steeds miste ze het Latijn. De vertrouwde woorden die ze niet begreep, maar die ze kende sinds ze aan de hand van haar vader de kerk binnenstapte, die ze duizenden malen had uitgesproken en gezongen, de klanken waarbij er iets van haar afgleed, waarbij ze thuis was. Ze waren verdwenen. Afgeschaft. Net als de pilaarbeelden, de kroonluchters, de versierde lijsten van de kruiswegstaties, de groenfluwelen gordijnen van de hoge ramen, de mooie preekstoel met het houtsnijwerk. Allemaal weg. Gesloopt. Afgedankt. Het was ouderwets, zeiden ze. De kerk moest met de tijd mee.

De pastoor stond nu achter een lessenaartje als hij preekte. En voor de rest van de mis achter een marmeren tafel – je kon het geen altaar noemen – met zijn gezicht naar de gelovigen in plaats van naar het tabernakel.

'Zoals het was in het begin en nu en altijd, en in de eeuwen der eeuwen. Amen,' sprak de pastoor met zijn blik op de voorste banken.

Ze kromp een beetje in elkaar. Meneer pastoor was een klein mannetje, maar als hij je recht aankeek was hij net de bovenmeester van lang geleden.

Toen hij zich over het misboek boog, blikte ze tersluiks om zich heen. Minder kerkgangers dan gisteren. En geen kinderen. Vroeger wemelde het om deze tijd van de kinderen. Hup, allemaal naar de schoolmis om acht uur. Ook háár kinderen. Ze mopperden weleens, maar daar gaf ze niet om. Het was voor hun bestwil en het kwam op hun rapport. Elke keer keek ze tevreden naar het aantal. Zestig keer, zeventig keer. Dat betekende dat ze geen dag gemist hadden. Nu zag je bijna geen kind meer in de mis. Ook steeds minder volwassenen trouwens. Waar waren ze gebleven? De mensen die vroeger de kerk vulden? Zij aan zij, bank na bank, samen bidden, knielen, zingen. Daar had ze altijd kracht uit geput. Daar was ze altijd door opgetild.

'Door mijn schuld,' galmde het door de kerk en het geluid weerkaatste tegen de kale muren en de lege pilaren. 'Door mijn schuld, door mijn grote schuld.'

Gewoontegetrouw klopte ze zich driemaal op de borst. Ze voelde zich zondiger dan ooit, omdat ze niet kon wennen aan de vernieuwingen, die zogenaamd verbeteringen waren omdat je nu alles kon verstaan en wist wat je bad. Maar waarom moest ze dat weten? De nieuwe woorden voerden haar niet mee. Ze bleef waar ze was. In een kale, lege kerk. Tegenwoordig had ze het er bijna altijd koud.

Met een onbevredigd gevoel fietste ze een halfuur later naar huis, in gedachten al bij de dingen van de dag. Trijn was jarig. Ze zou haar nieuwe japon aandoen. Of kreukte die in de auto? De soep voor vanavond stond klaar in de ijskast. Kaatje hoefde hem alleen maar op te warmen. Als dat maar goed ging. Het kind had twee linkerhanden en als ze met haar neus in een boek zat – en wanneer zat ze dat niet – kon het huis afbranden zonder dat ze er erg in had. En aan Hein en Ben kon je ook niets overlaten. Eigenlijk waren ze te jong om met zijn drieën thuis te blijven, maar ja, nu Ans ook getrouwd was. Wat moest ze anders? Wegblijven van Trijns...

Ze remde zo hard dat ze bijna viel. Werktuigelijk was ze afgeslagen voor het laantje naar Vlietsigt. Haastig keerde ze om. De hijskranen, de steigers en de stapels stenen waar ooit de kassen en het huis hadden gestaan hoefde ze niet te zien. Tegenwoordig woonde ze een paar honderd meter verder.

Het was er eindelijk van gekomen. Weg van Vlietsigt. Jarenlang had de gemeente hen aan het lijntje gehouden. Ze wilden Vlietsigt onteigenen voor de uitbreiding van Voorburg. Zeiden ze. Er was bouwgrond nodig voor huizen, voor wegen, voor ministeries uit het overvolle Den Haag. Zeiden ze. Het ging niet door. Zeiden ze. Het ging wel door. Zeiden ze. Volgend jaar. Zeiden ze. Over drie jaar. Zeiden ze. Met sint-juttemis (dat zeiden ze niet). Afijn, er vloeide zoveel water door de Vliet dat niemand het wilde geloven toen de kogel eindelijk door de kerk was.

Het achttiende-eeuwse huis – waarin Piet was geboren, waarin zijn ouders en zijn eerste vrouw waren gestorven, en waarin de wieg van al zijn kinderen had gestaan – werd afgebroken en er kwamen flats en kantoren voor in de plaats.

In de week voor de verhuizing namen ze met zijn allen afscheid van het oude huis, op een stralende zomerse zondag. Zo'n dag om niet te vergeten.

De hele ochtend was het jachten geblazen. Ria en Ans hielpen mee. Bitterballen rollen en paneren. Zou honderd genoeg zijn? De schoonzoons lustten er wel pap van. Koffiemalen, kopjes, de houten doos met de gebakjes uit de kelder, vorkjes, schoteltjes, glazen met sigaretten, asbakken, keukenstoelen naar buiten, een grote tafel, de parasol. Hijgend rende ze van het een naar het ander. Toen de eerste auto het laantje op reed, stond alles klaar.

De vier getrouwde kinderen druppelden binnen met hun aanhang. Samen hadden ze al acht kinderen. In een mum van tijd was het een herrie van jewelste. Voetstappen op het grind en op de granieten vloer, roffelende schoenen op de trap, kindervingertjes op de piano, kinderstemmen in het prieel en de schuur, een omvallende blokkendoos, een piepende step, een gillende fluitketel en de accordeon van Hein die boven het lawaai probeerde uit te komen.

Annie was algauw haar oudste zoon Ruudje kwijt, een woelwater, net als Heintje vroeger. Even later vond Neel hem terug in de kast die nog altijd bedstee heette en plantte hem buiten in de geïmproviseerde box van veilingkisten. Dezelfde kisten waarmee de kinderen vroeger hutten bouwden en die ze later, toen ze moesten meewerken, vulden met sla, komkommers en andijvie.

De hele dag hing er een sfeer die het midden hield tussen heimwee en opluchting. Ze zaten op het grind voor de openslaande deuren van het prieel en de herinneringen gingen van mond tot mond. Vijfentwintig stemmen praatten, riepen en lachten door elkaar. Af en toe brulde er een kleinkind. Neels oren tuitten ervan.

'Weten jullie nog hoe Theo de sloot in reed op zijn net schoongemaakte fiets? En op ratten schoot met zijn windbuks? Vanuit het wc-raam!'

'Hoe de moffen naar mannen zochten en Dirk – dat was een knecht – zich verstopte achter een stoel in de keuken? Waar pa rustig op bleef zitten?'

'Als pa het varken slachtte, kregen we allemaal een eigen worstje!'

'Die hagelbui op de kas! Stenen als pingpongballen! Al het glas kapot!'

'Nooit meer op de poepdoos, jongens!'

'Haha. En ook nooit meer krantenpapier?'

Ze luisterde naar de verhalen waarvan sommige nog van vóór haar tijd waren en vroeg zich intussen af wat zij zou missen van Vlietsigt. Het kolenhok in ieder geval niet. Het houtfornuis en de teil in de schuur ook niet. In het nieuwe huis waren twee wc's, centrale verwarming, een douche en warm water dat zomaar uit de kraan stroomde. In één klap waren de poepdoos, de kolenkachels en de pomp verleden tijd.

En toch, en toch...

Hier had ze de ruimte. Hier kon je ver kijken. Straks woonde ze in een doodgewone straat, in een doorzonwoning. Nou, degene die die naam verzonnen had, kende haar prieel niet. Nergens zat je met de strijk of met je verstelwerk fijner dan hier. Zon aan alle kanten!

Hier konden de kinderen hun gang gaan. Voetballen, vliegeren, hutten bouwen in de nok van de mattenschuur of diep in de strobalenstapel, sjezen met de lorries, schaatsen op de slootjes, polsstokspringen...

Ze hield vaak haar hart vast als ze de kinderen en hun vriendjes bezig zag. Soms ging ze boterhammen met suiker brengen, dan kon ze meteen zien of het niet te gevaarlijk werd. Maar het was altijd goed gegaan en nu het voorbij was, verlangde ze ernaar terug.

Trouwens, ze slaakte een zucht, haar drietal werd te groot om te spelen. Ben zat zelfs al op het gym... gymna... Ze wist nooit hoe je het uitsprak, maar dat het hóóg was, wist ze wel. Alleen jammer dat hij zo vreselijk stotterde. Er kwam bijna geen normaal woord over zijn lippen, en spraaklessen hielpen niet. 'Je moet je niet zo zenuwachtig maken,' zei ze vaak tegen hem. 'Dan is het zo over.'

Kijk, daar kwam Kaatje aanlopen, de kleine Ruud op de arm. 'Ik heb hem uit het kippenhok gevist. Hij was de k-ki-kippen aan 't voeren.'

Verdorie, Kaatje kreeg er ook al een handje van. Ze stootte haar aan. 'Hou daar eens mee op. Straks ben je net als Ben.'

Annie nam intussen lachend haar zoon op schoot. 'Ik kan hem beter aan een touw binden.'

Ruudje zette een keel op en wrong zich los. 'Ik neem hem wel mee naar binnen,' zei Kaatje. 'Dan krijgt hij ranja. Wie wil er nog meer ranja?'

'Ik, tante Kaat, ik,' riepen de andere kinderen. Duwend en lachend dromden ze met zijn allen naar binnen.

'Tante...' lachte Agnes. 'Drie turven hoog en dan al tante.'

Kaatje hoorde het nog net en draaide zich om. 'Ik ben al d-dertien hoor.'

Neel keek haar na. Dat geruite jurkje met het witte kantje stond haar goed. Ans had er haar best op gedaan.

'Pa?' Dat was Frans. Hij kwam naar buiten met zijn colbertje in zijn handen. 'Waar kan ik een hamer vinden?'

Piet keek op. 'Wat moet je daarmee?'

'Mijn jasje ophangen,' grijnsde Frans. 'De kapstok is vol. Dus ik dacht, ik sla even een spijker in de muur.'

Hein schoot in de lach en haalde een hamer uit het schuurtje. 'Ik doe het wel,' riep hij.

Neel deed haar mond al open om te vragen hoe ze het in hun hoofd haalden, tot ze opeens besefte dat er binnenkort geen muren meer waren. Het huis werd met de grond gelijk gemaakt. Misschien volgende week al.

Het was als een stomp in haar maag. Alsof het nu pas doordrong dat ze hier wegging. Hier, waar ze haar kinderen op schoot had gehad, hun schaatsjes onderbond, hun sleetje trok, hun leerde ballen, knikkeren, tollen.

De herinneringen overspoelden haar als een vloedgolf. Hier deden ze hun eerste stapjes op de lange keukentafel, wankelend van de ene grote zus naar de andere. Hier zaten ze aan de slootkant, gespannen turend naar hun hengel, en aan de kersttafel, de kaarsvlammetjes weerkaatst in hun ogen.

Ze slikte en voelde hoe de tranen in haar ogen sprongen. Ze liet hier haar kleine kinderen achter.

Ze zette haar fiets in de garage. In de achtertuin, waar ze nooit doorheen kon lopen zonder aan de weidsheid van Vlietsigt te denken, bloeiden herfstasters en chrysanten. In de keuken sneed Piet het brood en het spek voor de schoolboterhammen. Hij had ook thee gezet.

'Zijn ze al wakker?'

'Ik heb ze geroepen.'

Ze ging toch even kijken. Hein sliep nog, maar schoof de dekens weg toen ze hem wakker schudde. Ben was al op. Met zijn handen tegen zijn oren zat hij hardop te leren. Hij schokschouderde toen ze om het hoekje keek en zei dat het tijd was. 'Ik heb straks een repetitie,' zei hij. 'Latijn. Ik kom zo.' Voorzichtig sloot ze de deur en zuchtte van trots. Zo hard als die jongen leerde. Laat naar bed, vroeg op. En dat allemaal om zijn eindexamen te halen. Als hij slaagde, ging hij naar Wageningen.

Kaatje lag te lezen.

Ze zuchtte opnieuw, deze keer van ergernis. 'Schiet eens op,' zei ze. 'Denk aan de bedden.'

'Jahaa... Ik doe het zo.'

Als ze het niet dacht. Het was elke morgen hetzelfde liedje. Het kind zág geen werk terwijl het toch duidelijk op haar lag te wachten. De slaapkamers moesten nu eenmaal gedaan worden. Sinds alle groten het huis uit waren, kwam dat op Kaatje neer. Meestal deed ze het in een vloek en een zucht, maar soms was het verdacht stil. Dan zat ze weer te lezen.

Met zijn allen zaten ze aan het ontbijt. Piet deed het de laatste tijd wat rustiger aan en voor de verjaardag van Trijn gunde hij zich een vrije dag.

Ben zat met zijn boek naast zijn bord. Kaatje probeerde dat ook, maar dat ging niet door. Woordjes leren voor school, alla, maar geen leesboeken.

'Geen boeken an tafel,' zei ze scherp.

'Het is áán tafel,' zei Kaatje. 'Niet "an".'

Driftig smeerde ze haar boterham. Zou je zo'n kind niet? Sinds ze op de mms zat konden ze hier in huis niets meer zeggen of ze werden verbeterd. Het was niet 'leggen' maar 'liggen' en ook tussen 'ken' en 'kan' scheen een verschil te zitten. Maar hoe kon zij dat weten? En waarom kreeg zíj het elke keer op haar brood? Was dat nou dankbaarheid? Zij had er toch voor gezorgd dat het kind mocht doorleren?

Toen Kaatje haar mulodiploma haalde, hadden ze het welletjes gevonden. Ria en Greet kwamen met hun mulo ook vooruit, en schooljuffrouw en verpleegster waren mooie meisjesberoepen. Ook voor Kaatje.

Maar eerst moest ze een jaar naar de huishoudschool, want het kind had geen benul van koken of strijken, om van ramen lappen of een wc schoonmaken maar te zwijgen. Ze was ingeschreven voor de vormingsklas. In september zou ze beginnen.

Maar Kaatje wilde niet. Heel de grote vakantie had ze erover gezeurd. 'Ik trouw later toch niet,' zei ze keer op keer. 'Zeker de hele dag stoffen en dweilen en achter je man en kinderen aandraven. Ik kijk wel uit.'

'Maar wat wil je dán?' vroeg Neel wanhopig toen ze er weer over begon. Zoals dat kind zeuren kon. En nog wel op vrijdag als de kamer én de keuken aan de beurt waren. Ze schroefde de boenwas open voor de kringen in het blad van het dressoir. Waarom pakte Kaatje nou niet even aan? Ze had al drie keer gezegd dat ze de tafelpoten en de plinten moest stoffen.

'Doorleren,' zei Kaatje. 'Naar de emmemes.'

'De wat?'

'De mms. De middelbare meisjesschool. Ik heb het op school gevraagd. Het kan. Dan moet ik in de vierde beginnen.'

'En hoelang is dat dan nog?'

'Twee jaar.'

'Maar je bent al zestien! Kind toch, wat heb je eraan?'

'Ik vind leren nou eenmaal leuk,' zei Kaatje, die door haar knieën zakte en het onderstel van de eettafel begon af te stoffen.

Neel boende op een kring. Het was waar. Het kind ging elke dag zingend naar school. Hein had weleens een schop onder zijn kont nodig om de deur uit te komen, maar Kaatje hield, net als Ben trouwens, zelf de klok in de gaten en als ze uit school kwam, zat ze binnen een kwartier boven aan haar huiswerk. En na elke vakantie stond ze te trappelen om weer naar school te gaan.

'Ben zit toch ook op het gymnasium?'

'Maar dat is een jongen! Die moet later de kost verdienen. Jij wordt huisvrouw.'

'Ik word geen huisvrouw. Dat zég ik toch.'

'Wat word je dan wel?'

'Weet ik nog niet,' klonk het gesmoord vanonder de tafel. 'Iets met boeken.'

Ze schroefde de boenwas dicht, zette het Mariabeeld weer op het gehaakte kleedje en pakte een nieuw waxinelichtje uit de doos.

Jaja, iets met boeken. Alsof ze nog niet genoeg las. Het kind was lid van de schoolbibliotheek en van de bibliotheek in het dorp, en nóg stond er op elk verlanglijstje bovenaan: boeken. Ze gaf haar altijd maar haar zin. Ze had er zelf geen verstand van, maar de Katholieke Boekhandel in Den Haag wel. Als ze daar om een goed boek voor Kaatjes leeftijd vroeg, was het altijd raak. Al bij het zien van het pakje begonnen haar ogen te stralen. Zo keek ze niet als ze een nieuw jumpertje kreeg, zelfs niet als dat van de Bonneterie kwam.

Maar wat had je aan boekenwijsheid als je niet wist hoe je een keuken van boven tot onder aanpakte? Of hoe je een behoorlijke maaltijd klaarmaakte?

En buiten dat: als ze Kaatje haar zin gaf, zouden de groten er iets van zeggen. Kaatje wordt weer voorgetrokken. Ze kende die litanie. Kaatje hoeft geen kleren af te dragen, Kaatje hoeft geen tweedehandsfiets, Kaatje hoeft op zaterdag geen ramen te lappen. Allemaal kletskoek. Ze mocht haar enige dochter toch wel een beetje verwennen? Ze hield heus wel rekening met de anderen. Ze had bijvoorbeeld geregeld dat Ria naar de kweekschool ging, ook al had Piet daar geen oren naar gehad.

Zou ze dan maar toegeven? Emmemes, dat klonk wel chic. Geen school voor Jan en alleman. En hij was dichtbij, gewoon de school van Ben. Voor de vormingsklas moest ze met haar zestien jaar elke dag naar Den Haag. Daar kon ook narigheid van komen.

'Toe nou mam. Ik wil het zo graag.'

Opeens had ze genoeg van het gezeur. Ze smeet haar poetslap neer en ging naar de gang om de school te bellen en Kaatje in te schrijven. In hemelsnaam. Dan was ze van het gezeur af.

Een uurtje later zaten ze in de auto.

'Trijn treft het niet. Moet je die lucht eens zien.' Ze wees naar de donkere wolken in de verte, pakte een regenkapje uit haar tas en schudde het alvast uit de plooi.

'Rustig maar, we zijn pas bij Schiphol,' zei Piet, die met een schuin oog een vliegtuig volgde dat loskwam van de grond en langzaam opsteeg en kleiner werd. 'Je snapt niet dat er mensen in zitten, hè?'

'Zij liever dan ik.' Ze keek het vliegtuig na alsof ze een citroen proefde.

Piet wierp een blik opzij. 'Jij bent benauwd voor alles waar een motor in zit. Zelfs voor een auto.'

'Niet waar. Ik zit hier toch rustig naast je.'

'Maar zelf rijden, ho maar. Kijk eens naar je zusters en schoonzusters. Die hebben allemaal hun rijbewijs. Gon zelfs in één keer. Dat is mij niet eens gelukt.'

'Geen wonder. Gon was vroeger al gek met auto's. En met die Solex is ze ook zo handig.'

'De tuffende non.'

Ze lachte mee. 'Maar ik ben altijd bang dat haar rokken tussen de wielen komen.'

'Komt ze vandaag?' vroeg Piet.

'Ik denk het. Ze weet het meestal wel te plooien.'

'Zelfs voor een gewone verjaardag?'

'Wie weet? Moeder Agatha knijpt wel een oogje toe. En het is een kroonjaar, moet je rekenen. Trijn wordt vijftig! En trouwens, ze worden steeds makkelijker daar in Heiloo.'

'Dat concilie weet wat,' zei Piet zorgelijk.

‘Zeg dat wel.’ Ze kneep haar lippen samen alsof daarmee alles gezegd was.

Piet schakelde terug. ‘Wie komen er nog meer vandaag?’

‘Al sla je me dood. Jan heeft niet veel familie. Maar ja, Trijn kennende...’ Met een driftig gebaar stak ze het regenkapje in haar jaszak. ‘Het huis zal evengoed vol zitten. Buren, de kaartclub en dan die mensen waar ze zo dik mee is. Je weet wel...’

‘Had jij liever gehad dat ze alleen was gebleven?’

Ze haalde haar schouders op. ‘Ze woont nu een stuk verder weg. We zien haar steeds minder. Vroeger kwam ze nog weleens aanwaaien.’

‘Vrouw toch.’ Piet schudde zijn hoofd. ‘Wees blij dat ze iemand gevonden heeft. Op haar leeftijd nog wel. En trouwens, die nieuwe Coentunnel is open. We gaan er straks door. Ik denk dat het wel een halfuur scheelt.’ Hij drukte het gaspedaal verder in. ‘Ik hou wel van een ritje. Je ziet nog eens wat. Kijk, daar komt er weer een.’ Hij wees naar een vliegtuig dat uit de wolken opdook.

‘Let jij maar op de weg.’

Na moeders dood had Trijn een baan gekregen op een atelier en daar al snel haar draai gevonden. Welgemoed fietste ze elke dag naar Lisse, waar ze de naaimachine liet ratelen en kilometers gordijnen in elkaar stikte. Ze had kennissen, ze maakte uitstapjes en Neel dacht dat ze het best naar haar zin had, want haar zus zat, zoals altijd, vol verhalen en lachte uitbundiger dan ooit.

Maar opeens bleek ze een andere baan te hebben. Ze werd huishoudster in Purmerend, bij een weduwnaar die met zijn oude moeder samenwoonde. Binnen een paar maanden was het geregeld en was alles in één klap anders. Trijn verhuisde met haar hele hebben en houden en woonde plotseling vijftig kilometer verder weg. De inwonende nicht nam het huis in Hillegom over zodat Neel er niets meer te zoeken had. Wég ouderlijk huis. Wég Trijn.

Ze snapte niet wat Trijn bewoog. Was ze eindelijk klaar met de zorg voor moeder, nam ze de zorg voor een andere oude vrouw op haar nek. En die voor haar zoon erbij. Een vrachtwagenchauffeur. Moeder zou zich in haar graf omdraaien als ze het wist. Chauffeurs werkten voor jou. Niet andersom.

Toen de oude vrouw overleed, dacht ze dat Trijn wel gauw ander werk zou zoeken. Stiekem hoopte ze dat Trijn weer dichterbij kwam wonen en 's avonds en op zondag weer vrij had. Dat was beter dan inwonen bij een alleenstaande man. Dat gaf alleen maar praatjes.

En toen kwam dat telefoontje.

'Zus? Hallo, hallo. Hier Purmerend!' joelde Trijn.

'Zo, ben je daar?'

'Ja hoor, ik ben hier, lekker met 't foontje op de trap. Het snoer is net lang genoeg. Als een zonnetje zit ik hier.'

Toe maar. Als een zonnetje. In dat sjofele bovenhuis in die nauwe straat. 'Je houdt het nogal uit daar.'

Ze was er één keer geweest. Eerst door een stinkende garage, dan een donkere trap naar boven en dan een paar kamers en een keuken. Aan de achterkant platte daken en de was van de hele buurt, aan de voorkant de winkelstraat. Als je het raam openschoof en eruit zou gaan hangen, kon je de huizen aan de overkant bijna aanraken. Trijn was er gek genoeg voor om dat te proberen. Het ontbrak er nog maar aan dat ze een kussentje op de vensterbank legde om eens lekker met de overburen te klessebessen. Dat schenen ze in Amsterdam te doen.

'Ja hoor, natuurlijk hou ik het hier uit, zuslief. Ik zit hier op fluweel. Als ik Jan lief aankijk, brengt hij me ook nog een kopje koffie. Dan is het net een restaurant hier.' Ze schaterde en riep: 'Jan? Koffie graag. Met een moorkop!'

'Komt eraan,' lachte iemand op de achtergrond. 'Is een koekje ook goed? De moorkoppen zijn uitverkocht.'

Neel slikte iets weg. Zo gemakkelijk als Trijn iedereen naar haar hand zette en mensen voor zich innam. Als zij maar de helft van die eigenschap had, zou ze al blij zijn.

'Maarre... waar ik eigenlijk voor bel, zus...'

Ze kreeg een hol gevoel in haar buik. Trijn klonk zo ernstig dat er vast geen gewone vraag kwam, laat staan een komisch verhaal over een rare postbode of een verkeerde aankoop.

'Nou...?'

'Zit je stevig, zus? Hou je vast. Hier komt het: Jan en ik gaan trouwen.'

...

'Waarom zeg je niets?'

Ze omklemde de telefoondraad. 'Als je het maar uit je hoofd laat!'

'Hoezo?'

'Omdat het natuurlijk niet kan. Zo'n... zo'n... Je laat het uit je hoofd, hoor!'

'Waarom?'

'Je hebt altijd gezegd: "Ik trouw nooit met een weduwnaar."'

'Omdat ik geen stiefmoeder wil zijn. En je weet wel waarom, lieve Neel. Maar Jan heeft geen kinderen, dus dat probleem is er niet.'

'Je lijkt wel niet wijs.'

'Hoezo?'

'Ja, als je dat niet snapt...'

'Dat snap ik inderdaad niet. Leg eens uit.'

'Ach, met jou is niet te praten.' Ze smeet de hoorn op de haak.

Na dat gesprek bleef het lang stil. Trijn belde niet terug en geen haar op haar hoofd die erover dacht om zélf te bellen.

Waarom ze er na verloop van tijd anders over ging denken, wist ze eigenlijk niet meer. Was het omdat Gon zich ermee bemoeide, of omdat die man – Trijn bracht hem gewoon mee naar verjaardagen – best meeviel? Want eerlijk is eerlijk, toen ze hem leerde kennen, kon ze er geen kwaad woord van zeggen. Jan was goed katholiek, inschikkelijk en altijd bereid om ergens mee te helpen. En hij was gek op Trijn. Dat zag ze heus wel. Hoe hij naar haar keek, hoe hij haar plaagde, hoe hij soms zomaar een arm om haar heen sloeg, daar kon Piet nog iets van opsteken. Niet dat Piet geen beste man was, maar een beetje hartelijkheid zat er niet bij.

Terwijl ze parkeerden in Purmerend stopte er voor hen een parmantig wit autootje waar een vrouw uit stapte.

'Asjemenou,' zei Piet. 'Kijk eens wie we daar hebben.'

Neels mond viel open. Het was Gon. In een habijt dat minstens dertig centimeter korter was en met een kap die niet meer diep over haar voorhoofd was getrokken maar met een kort sluiertje op haar achterhoofd hing. Ze had opeens weer haar! De donkere lokken waren grijs geworden, maar het zat nog net zo piekerig als vroeger. Vanuit een ver verleden hoorde ze moeder zeggen: 'Haal eens een kam door je haar, Gonda.'

Piet bewonderde de auto. 'Hoe komen jullie daaraan?'

'Een geschenk aan de congregatie,' lachte Gon. 'We hebben hem al een tijdje, maar niemand kon erin rijden.'

'Jij bent zeker de eerste?' vroeg Neel.

Gon knipoogde. 'Goed geraden.'

Gezamenlijk liepen ze over de smalle stoep van de winkelstraat naar het huis van Trijn en Jan. Dat was niet meer het ietwat sjofele huis van vroeger. Toen de trouwplannen rond waren, was het verbouwd tot 'een paleisje', zoals Trijn zei. En dat was het inderdaad, moest Neel toegeven. Alles spiksplinternieuw. Royale fauteuils, stoelen en kasten die Trijn *kwien-en* noemde en aan de muren haar zelf geborduurde schilderijen en schellekoorden. Alleen de kunstbloemen vond Neel niet mooi. Ze had liever echte.

De rest van de familie was er al. Piet en Dora, Jan en Rie, en Henk en Mia. Ze schudden handen en Gon draaide een rondje in de kring om haar nieuwe habijt te laten zien.

'Meer Gon, minder non,' lachte Henk.

'Zo kun je vast beter bij de rem,' zei Mia.

'Reken maar.' Gon grijnsde. 'En ook bij het gaspedaal.'

Neel wist nog steeds niet of ze de nieuwe jurk een vooruitgang vond. Er ging toch iets verloren van de waardigheid. Het was net alsof Gon anders liep en stond. Minder plechtig. Wereldser.

Ook broer Jan keek misprijzend. 'Dat heb je zeker aan het concilie te danken?'

'Het is niet anders,' beaamde Gon. 'We gaan mee met de veranderingen.'

'Alsof veranderingen altijd beter zijn.'

'Soms wel, soms niet.'

En zo zaten ze meteen in een gesprek over alles wat er sinds het tweede Vaticaans concilie veranderd was. De stemmen klonken door elkaar heen.

'De kazuifels en de heiligenbeelden liggen op de rommelmarkt.'

'Dat ze de biecht hebben afgeschaft, vind ik wel goed. Maar het Ons Heer op je hand en niet op je tong is heiligschennis.'

'Je hoeft niet eens meer nuchter te zijn voor de communie.'

'Vroeger voelde ik me thuis in de kerk,' zei Mia. 'Je hoorde ergens bij. Daar was ik trots op. Nu is al het mooie en feestelijke weg. Er gaat geen troost meer van uit, geen steun.'

Neel knikte haar toe. Zo was het.

'Bij ons mag je op zaterdagavond al naar de mis voor je zondagsplicht. Waar blijf je dan?'

'Straks hóéf je niet eens meer naar de kerk. Dan kijk je gewoon naar de mis op de televisie.'

Bij het woord televisie dwaalden haar gedachten af. Dat rotding! Ze had hem niet in huis willen hebben. Wat mankeerde er aan de radio? Maar Piet wilde het graag en de kinderen ook. Toen had ze het maar goedgevonden, want kijken bij een vriendje was armoe. Twintig paar kinderschoenen bij een voordeur op woensdagmiddag. Daar hoefden de schoenen van haar kinderen niet tussen te staan.

De eerste avonden had ze met open mond zitten kijken. Een mevrouw die opeens bij je in de kamer zat en vertelde wat je te zien kreeg. 'En kan zij ons nu ook zien?' had ze gevraagd.

De kinderen lachten haar uit. Ja, wist zij veel. Als je zelfs kon zien dat er helemaal in Amerika een president werd neergeschoten, was niets onmogelijk.

Maar o, wat had ze een spijt dat ze dat apparaat in huis had gehaald. Want wat ze soms lieten zien! Vooral in films en toneelstukken. Dan begonnen ze opeens te kussen. Zomaar! Waar je opgroeiende kinderen bij zaten. Als ze dat zag, was het snel klaar. Uit dat kreng!

'Neel? Jij nog koffie?' Zonder op antwoord te wachten schonk Trijn haar bij. Het gesprek ging nog steeds over de kerk.

'Nu staan ze met gitaren op het altaar. Allemaal om de jeugd erbij te houden.'

'Vind je het gek? De kerken lopen leeg. Als het zo doorgaat, is er over twintig jaar geen fatsoenlijke katholiek meer te vinden.'

'Weet je wat ík erg vind?' vroeg Dora. 'Dat er leken op het altaar staan! Vorige week las bij ons de schoenmaker het epistel voor. Moet je meemaken. De schoenmaker! Ik snap niet dat de pastoor dat goedvindt.'

'De priesters lopen voorop,' zei Jan. Hij boog zich voorover om met zijn wijsvinger op de salontafel te tikken. 'Dat is juist de fóút! Het kan ze niet snel genoeg gaan. Ze willen zelfs trouwen!'

'Zo'n vaart zal het toch niet lopen?'

'Wacht maar af!' zei Jan somber.

'Hoe is dat bij jullie, Gon?' vroeg iemand. 'Staat bij jullie ook alles op zijn kop?'

Opeens viel iedereen stil en luisterde naar Gon die onwillig zei: 'Vroeger was het klooster voor doeners. Tegenwoordig is het voor praters.' Ze sloot haar mond alsof ze al te veel had gezegd en begon de lege kopjes te verzamelen.

'Ontevreden, Gonda? Dat is niks voor jou. Je bent altijd zo blijmoedig.' Piet klopte op de stoel naast hem.

'Kom eens bij je grote broer zitten. Wat zit je dwars?'

Gon wees naar de lege stoel. 'Dát! We moeten de hele tijd praten. En overal over nadenken. En dan weer praten en vergaderen. Vroeger mocht je nooit wat zeggen. Nu moeten we álles zeggen. Dat schijnt beter te zijn dan het in te slikken.' Ze maakte een machteloos gebaar. 'Vroeger zei moeder Agatha wat we moesten doen. Zij kende de wil van God. Tegenwoordig moet je het zélf weten.'

'Waar moet je dan over nadenken?'

Gon telde het af op haar vingers. 'Hoeveel zakgeld we krijgen. Hoeveel vrije dagen. Hoe vaak je op retraite gaat. Wat voor kleding we dragen. Wil je wel geloven dat er al zusters zijn die in burger willen? We gaan er nu over stemmen.'

'En wat stem jij?'

Gon trok haar schouders op. 'Ik weet het niet. Ik wil geen uitzondering zijn, en dit nieuwe habijt is echt beter. Het is lichter en deze sluier' – ze wees naar haar kapje – 'is fijner, die lange zat steeds in de weg. Maar in burger? Waar is het einde dan? Zie je me al lopen? Dan moet ik gaan winkelen, dan moet ik 's morgens nadenken wat ik aantrek, dan moet ik iets met mijn haar. Dat heb ik in geen dertig jaar hoeven doen.'

'Tijd voor een neutje, ik ben tenslotte jarig,' riep Trijn. 'Gon, wat wil je drinken?'

'Dit bedoel ik nou,' zuchtte Gon. 'Vroeger mocht ik nooit meedoen als jullie een glaasje dronken. Nu is het mijn eigen verantwoordelijkheid. Ik word er soms zo moe van.'

‘Dan neem je toch een lekkere borrel, Gonda,’ riep Jan. ‘Trijn! Kom eens hier met die fles.’

Gon lachte. ‘Nee, ben je gek. Geen sterkedrank. Maar een glaasje advocaat mag wel, denk ik... geloof ik...’ Hoofdschuddend bracht ze het blad met kopjes naar de keuken.

‘Het komt allemaal door Bekkers,’ zei Dora. ‘Met die bisschop is het begonnen. Hebben jullie zijn begrafenis gezien? Wat een volk op de been!’

‘Zo’n aardige man,’ zei Trijn. ‘En zo jong nog, achtenvijftig nog maar. Zonde dat hij dood is.’

‘Nee!’ zei Piet luid. ‘Onze Lieve Heer heeft hem op tijd gehaald.’ Hij schudde bezwerend zijn vinger. ‘Zo kon hij tenminste geen verdere schade aanrichten.’

‘Meen je dat nou, zwager?’ vroeg Trijn terwijl ze een onderzetter voor zijn glaasje op tafel legde.

‘Dat meen ik. Van de Schepping blijf je af!’

Ze hadden het bewuste programma pas gezien toen hij was overleden. Piet had de televisie op tijd aangezet. Er kwam een uitzending over Bekkers, stond er in de krant.

En daar had je hem. Bij Pax Christi, bij de Tour de France, bij zijn wijding, bij Mies in de stoel en achter zijn bureau, het zilveren bisschopskruis fier op de borst. En wat hij allemaal zei! Je mocht zélf bepalen hoe groot je gezin was. Groot of klein, dat deed er niet toe. Gehuwden moesten hun éigen geweten volgen. Anderen hadden daar niets mee te maken.

Neels hart bonkte, van schaamte, van ongeloof. De praatjes die ze gehoord had, waren dus waar. Van bisschop Bekkers mocht je aan De Pil. Je mocht je dus met de Schepping bemoeien! De hoogmoed! Alsof dat geen zaak van Onze Lieve Heer was!

Ze sprong op en stootte in haar haast haar scheenbeen tegen de tafel. Woedend zette ze de televisie uit en wreef daarna de pijnlijke plek op haar been.

De instemming van Piet troostte een beetje. 'En dat noemt zich bisschop!' viel hij uit.

Ze kwamen in het donker thuis. Het buitenlicht brandde en de gordijnen waren dicht.

Ze was doodmoe. De gesprekken over de kerk, Gon in haar autootje en haar nieuwe habijt, de kennissen en buren van Trijn die kwamen aanzetten en het huis vulden met hun gelach en gepraat, meneer pastoor met zijn priemende blik. De lange dag raasde in haar hoofd. Haar oren suisden.

Terwijl Piet de sleutel in het slot stak, vroeg ze zich af hoe ze het huis zou aantreffen. Het zou wel een rommel zijn met afwas op het aanrecht, kruimels op de vloer en de lege kopjes nog op tafel bij de televisie.

Ze schopte haar schoenen uit, hing haar jas op en haalde diep adem. Eerst orde scheppen. Ze rechtte haar rug maar hield dat niet vol. Tegenwoordig leek ze 's avonds wel lood in haar armen en benen te hebben. Hoe kwam dat? Ze was pas negenenvijftig.

De keuken blonk haar tegemoet. Alles was afgewassen en opgeruimd, het fornuis schoongemaakt en het restje soep stond in een schoon pannetje in de ijskast. In de kamer waren de stoelen aangeschoven om de tafel en er was geen kruimeltje op de vloer te ontdekken. Het glazen blad van de salontafel was smetteloos.

Verbaasd zakte ze op een stoel. De kinderen hadden zich dus gered. Zonder haar. Sterker nog, ze hadden de kamer en de keuken bijna netter achtergelaten dan zijzelf elke avond deed. Ze knikte voldaan, maar er was ook een bijsmaak. Hadden ze haar nu al niet meer nodig?

Piet zette de televisie aan en weer uit toen het testbeeld opdoemde. De uitzending was al voorbij. Hij gaapte. 'Bedtijd, vrouw.'

Krachteloos keek ze nog eens om zich heen. De asbak was schoon, de krantenbak op orde. 'Ik hoef niets meer te doen,' zei ze mat.

'Nou, wees blij. Je maakt je anders druk genoeg.' Piet trok zijn das los en gaapte nog een keer. 'Ik ga naar boven.'

Ze volgde hem en bleef hijgend boven aan de trap staan. Had ze nou ook al minder lucht? Ze leek warempel wel een oude vrouw.

Ze keek even om het hoekje bij de kinderen. Hein en Kaatje waren diep in slaap, maar Ben zat nog achter zijn bureau.

'Dus het is allemaal goed gegaan?' vroeg ze.

Hij keek verbaasd op. 'H-hoezo? Met wat?'

'Met het eten en zo?'

'W-waarom zou dat niet goed gaan?'

Trots en teleurgesteld tegelijk trok ze zijn deur dicht.

Ze kleedde zich met trage gebaren uit en kroop in bed, waar ze met wijd open ogen naar het plafond staarde. Had ze zich ooit zo overbodig en leeg gevoeld?

1973

In het ziekenhuis begon de dag vroeg. Vaak sliep ze nog.

Sommige verpleegsters kwamen rinkelend met karretjes en wasbekkens de zaal binnen, schoven luidruchtig de gordijnen open en schetterden: 'Goedemorgen allemaal.' Anderen kwamen stilletjes de zaal op, schudden zachtjes je arm of je schouder en fluisterden: 'Mevrouw Versteeg? Ik kom u even wassen.'

Deze ochtend trof ze het niet. Ze werd wakker gemaakt door een snibbige, hardhandige verpleegster die haar waste zoals ze vroeger zelf de kleintjes waste als die in de zandbak of het stro gespeeld hadden.

Uitgeput staarde ze naar buiten. Sinds kort lag ze aan het raam. Als je maar lang genoeg in het ziekenhuis lag, kreeg je vanzelf de beste plaats van de zaal.

Blauwe lucht met roze strepen. Witte raamkozijnen. Gele gordijnen. Een langsfladderende vogel. Ze kon het allemaal vanuit haar bed bekijken en hoefde niets anders te doen dan te wachten op de dingen die zouden komen. Ontbijt, doktersronde, middageten, bezoek, weer eten, weer bezoek. Ze werd al moe als ze eraan dacht.

Ze ging wat verliggen en viel weer in slaap. Toen ze

wakker werd, was de dag al half voorbij. Zelfs van de doktersronde had ze niets gemerkt.

Behoedzaam draaide ze zich op haar rug en hees zich wat overeind. Ze had meer adem dan gisteren. Toen was het hopeloos geweest. Vechten voor elke ademteug en van 's morgens vroeg tot 's avonds laat maar één gedachte: lucht, lucht, God geef me lucht.

Zo ging het nu al een hele tijd. Moe, futloos en soms tot stikkens toe benauwd. Toen ze opgenomen werd, kon ze geen trap meer op. De dokters wisten niet waar het vandaan kwam, maar zelf wist ze dat wel. Van het jarenlang heen en weer lopen naar een hete wasschuur. In de regen, in de storm, in een ijzige oostenwind of gewoon op een frisse zomerochtend. Steeds weer die temperatuurverschillen. Als je dat zevenentwintig jaar lang deed, kon een mens blijkbaar meer oplopen dan een stevige kou.

Zij had iets opgelopen wat de dokters niet konden genezen, maar waar ze wel een mooie naam voor hadden. Astmatische bronchitis. Al maanden lag ze hier voor onderzoek. Binnenstebuiten gekeerd, beklopt, betast, doorgelicht, geprikt en toch kwamen ze geen stap verder. Pillen en drankjes genoeg, maar helpen, ho maar.

Of ze ergens over tobde, hadden ze gevraagd. Herhaaldelijk zelfs. Ja, natuurlijk tobde ze ergens over. Allereerst hoe het thuis ging met Piet en Hein. Die moesten zich nu samen redden, al kwamen de getrouwde dochters voor de was en het bijhouden van het huis. Piet kookte zelf en Hein fabriekte ook weleens wat. Dat was behelpen, die twee mannen in hun eentje. Nogal wiedes dat ze daarover inzat. Maar wat konden die dokters daaraan doen? Gingen ze soms langs om aardappels te schillen of een pan groentesoep te maken?

En ze tobde over de kinderen. Maar ook dat hing ze die dokters niet aan hun neus. Ze schaamde zich al genoeg dat Kaatje en Ben zogenaamd op eigen benen stonden. De andere zeven waren stuk voor stuk netjes getrouwd en woonden in de buurt. Maar uitgerekend haar eigen kinderen deden het anders. Die gingen op een kamer. Een kamer! Alsof ze het thuis slecht hadden. Alsof ze als moeder geen knip voor haar neus waard was.

Dat Ben naar Wageningen was gegaan, was tot daaraan toe geweest. Voor de tuin stonden zijn handen nu eenmaal verkeerd en op de Landbouwhogeschool bleef hij in ieder geval in het straatje van de familie. En een week was zo voorbij. Op maandagochtend ging hij weg en op vrijdag schoof hij alweer aan voor het avondeten.

Dat Kaatje naar Amsterdam ging, was erger. Slapeloze nachten had ze ervan gehad. Dat het kind uitgerekend dáár stage moest lopen. In die goddeloze stad van nozems, provo's, hippies en hoe dat schorriemorrie verder mocht heten. Jongens met lang haar, meisjes in broeken, soms zag je het verschil niet eens. Stenengooiers en raddraaiers die van God noch gebod wisten. En daar moest haar kind tussen wonen?

Een jaar lang klemde ze zich vast aan de gedachte dat

het maar tijdelijk was. Kaatje zou terugkomen om haar school in Den Haag af te maken.

Niet dus. Kaatje bleef in Amsterdam. Wéér een kind uit huis. Wéér een gat in haar hart. Maar daarna begon de narigheid pas goed.

Eerst die vakantie van Ben. Hij wilde een paar dagen met Loes naar Limburg. Zomaar, in een hotel.

'Nee Ben,' zei ze. 'Niet met je verkering onder één dak slapen. Dat hebben de groten ook nooit gedaan.'

'We zijn v-v-verloofd, ma,' zei Ben. Hij stotterde nog steeds. Daar hielp zelfs een studie in Wageningen niet tegen.

'Maar niet getrouwd.'

'Loes m-m-mag wel van thuis.'

'Je hebt me gehoord. Het gebeurt niet.'

Later twijfelde ze. Als de vader van Loes het nou goedvond? Die man was niet de minste, dat zag je wel. Altijd in driedelig pak en altijd zo vriendelijk als je hem tegenkwam. Helemaal niet uit de hoogte. Hij zou het toch wel weten? En Loes was een keurig meisje. Haar rokken niet te kort, degelijke schoenen. Je zou maar zo'n dochter hebben.

In godsnaam dan maar. Maar toch lag ze er wakker van. Tobbend, worstelend. Samen in een hotel. Dan lag de doodzonde op de loer. Hoe kon zij dat verantwoorden voor Onze Lieve Heer? Zwetend van angst en zorg gooide ze zich op de andere zij.

'Ga toch slapen, vrouw. Je doet jezelf tekort.'

'Heb jij dan geen zorg?'

Piet draaide zich nog eens om. 'Loes is een best meisje en Onze Lieve Heer is geen krentenweger,' mompelde hij. Een ogenblik later sliep hij weer.

Na twee slapeloze nachten wist ze plotseling wat ze moest doen. Ze schreef een brief aan het hotel of ze ervoor wilden zorgen dat Ben zich netjes gedroeg. Toen ze hem postte, viel er een last van haar af. Meer kon Onze Lieve Heer niet van haar verlangen. Later tobde ze er toch weer over. Had ze echt genoeg gedaan?

Kort daarop had Kaatje verteld dat ze een vriend had. Ze vertelde het tussen neus en lippen door, alsof het om een kleinigheid ging. Een vriend. Een paar maanden al. Een student.

Ze zaten met zijn drieën aan tafel. De lepel waarmee Neel de zondagse soep opschepte, stokte boven de pan. Ze keek Kaatje recht in de ogen. 'Hij is toch wel rooms?'

'Dat doet er toch niet toe? Het gaat om wie hij is, niet om...'

De lepel plompte terug in de pan. 'Is hij rooms?'

Kaatjes handen klemden om de tafelrand. 'Nee.'

'Een protestant?' Het was alsof ze met stoel en al in de grond zakte. 'Doe je me dat aan?'

'Nee, niet protestant.' Kaatje schudde heftig haar hoofd. 'Hij is... nou ja, hij is niks eigenlijk. Hij heeft geen geloof.'

'Here God! Daar heb je dan één dochter voor. Alle anderen netjes getrouwd en jij komt met zoiets aan. Zo'n brok jongen uit Amsterdam. Een protestant! Is dat je dankbaarheid omdat je mocht doorleren?'

'Hij is niet protestant.'

Ze stond op, trapte haar stoel weg en stevende de kamer uit en de trap op. 'Hij komt er hier niet in, hoor je!'

'Ma!' Kaatje kwam haar achterna. 'Loop nou niet weg. We kunnen er toch over praten.'

In de slaapkamer zakte ze op de rand van het bed en sloeg met trillende hand een kruis. *Heilige moeder Maria, doe me dit niet aan. Dit niet. Wat heb ik verkeerd gedaan? Een protestant! De schande.*

Achter haar ging de deur open. 'Maak het nou niet erger dan het is, ma. Rob is een lieve, nette jongen. Het is geen Damslaper, als u dat soms denkt. Hij studeert en...'

'Je trouwt niet met een protestante jongen!'

'Wie heeft het over trouwen? Ik ben twintig!'

'Heb ik dit aan je verdiend? Heb ik daar één dochter voor?'

'Ik mag toch zeker zelf wel weten...'

'Je kan hoog of laag springen. Hij komt er niet in.'

'Maar ik hou van hem en als u hem zou kennen, dan...'

'Nee!'

'Ik ga naar huis,' zei Kaatje. 'Met u is niet te praten.'

'Je huis is hier!'

'Ik bedoel Amsterdam.'

Neel hoorde de zucht die erachteraan kwam. Alsof ze het zwaar heeft, dacht ze schamper. Dat kind deed wat het wilde, hield met niemand rekening en had het dan zogenaamd zwaar. Houden van. Ze weet niet eens wat het is. Aanstellerij. Ik zeg nooit tegen Piet dat ik van hem hou.

'Ga maar,' zei ze en gebaarde haar weg. 'Doe me dat ook maar aan. Dat kan er nog wel bij.'

Kaatje kwam naast haar staan. 'Toe nou ma, zo kan ik toch niet weggaan.'

Neel perste haar mond dicht en stond op om in de linnenkast iets te zoeken wat ze niet nodig had. Bij het driftig verschuiven van de lakenstapels stootte ze een stapel kussenslopen om. Ze griste ze uit de kast, smeet ze op het bed en zakte op haar knieën om de slopen opnieuw te vouwen en kaarsrecht op elkaar te stapelen. Haar handen trilden nog steeds.

'Ma... doe nou niet zo... zeg nou wat...'

Ze sloot haar mond nog vaster, net zo lang tot Kaatje zich omdraaide, de kamer uit ging en de trap af slofte.

Door de open deur hoorde ze haar iets zeggen. Iets verongelijkts. Piet antwoordde kortaf. Wat hij gelijk had. Wat viel er te zeggen als je kind je zo te schande maakte en alles wat je haar had voorgeleefd, wegsmeet als oud vuil? Daar hadden ze zich dan voor uitgesloofd en hun handen voor kapotgewerkt. Piet net zo goed als zij. Bijna zeventig was hij nu en nog elke dag in touw. Hij had dat kind zelfs naar Amsterdam helpen verhuizen. Vier trappen op! En dan was dit je loon. Stank voor dank.

Met haar jas aan kwam Kaatje weer boven en legde een hand op haar arm. 'Laten we er nou over praten, ma. Het maakt toch niet uit wat iemand voor godsdienst heeft? Het gaat toch om andere dingen? Dat hij eerlijk is en betrouwbaar, en aardig, en dat hij...'

Ze stootte de hand weg, beet op haar kiezen, schikte

de lakens en slopen in de kast nog iets rechter en bracht orde in het stapeltje zakdoeken. Als Piet een schone pakte, trok hij soms het hele stapeltje scheef.

Toen ze omkeek, was de kamer leeg.

Beneden sloeg de deur dicht. Even later reed de auto weg. Dus Piet bracht haar naar het station. Ze zocht steun bij de kastdeur en proefde zout in haar mondhoeken. Dat een kind je zo in de steek kon laten!

Ze bleef het herhalen, elke keer als Kaatje thuiskwam. Het moest afgelopen zijn met die jongen. Er kon niets goeds van komen. Kaatje moest hem afzeggen.

Maar hoe vaak ze het ook zei, het leek niet tot haar dochter door te dringen. Ze beweerde dat ze gelukkig was, maar dat was kletspraat, want hoe kon dat als haar moeder óngelukkig was?

Dat laatste was niet gelogen. De zorg en de angst holden haar uit. Haar kleren vielen wijder om haar heen en in de spiegel zag ze de wallen van slapeloze nachten. Wat had ze verkeerd gedaan? Wát?

Ze had haar kinderen toch opgevoed in het geloof? Ze had hen leren bidden en hun handje in het wijwater leren dopen. Ze speldde elke week de Mariamedaille op hun schone hemdjes, stuurde hen naar katholieke scholen en naar katholiek voetbal en gymnastiek. Dag in, dag uit naar de schoolmis, op tijd naar de biecht, het askruisje, de Blasiuszegen. Ze hadden een altaartje om pastoortje te spelen, ze waren misdienaar en processiebruidje. Ze deden hun eerste en hun plechtige communie en ontvingen bij het vormsel de kracht van de Heilige Geest voor het standvastig belijden van hun geloof. En nooit, echt nooit mochten ze met andersdenkenden omgaan.

En nu dit. Een protestante vriend!

Ze zocht troost bij Maria. Zij was immers ook een moeder die pijn leed om haar kind. Maar Maria hoorde haar niet, ook niet na een novene waarin ze haar negen dagen smeekte om Kaatje tot inzicht te brengen.

’s Nachts lag ze wakker of viel ze in een diepe slaap waarin ze droomde dat ze in haar onderjurk op straat liep. Iedereen keek naar haar, wees haar na, gniffelde achter een hand. Soms duwden ze haar naar een zee van vlammen, van knetterend vuur. Ze kon de hitte al voelen. Vlak voor ze erin viel, werd ze hijgend en zwetend wakker. Was dat een droom over de hel? Zou ze zo gestraft worden? Maar ze had toch vorig jaar gebeden in Rome, in die ene kerk?

Als je de verhalen moest geloven, was Rome mooier dan Lourdes, maar haar was het tegengevallen.

De herinneringen aan Lourdes zaten als parels in haar hoofd. De grot met het Mariabeeld, de honderden rolstoelen met hoopvolle mensen, het rijkelijk vloeiende geneeskrachtige water en als mooiste parel: de lichtprocessie. Met een kaars en te midden van haar zangkoor liep ze mee in de eindeloze stoet bedevaartgangers, een lange, lichtgevende slang van de grot naar de basiliek. Uit duizenden kelen klonk het ‘Ave Maria’, zo zuiver, zo bezield dat er een golf van ontroering in haar opsteeg als ze eraan terugdacht.

Zoiets had ze zich ook bij Rome voorgesteld. Maar na de vliegreis, die best meeviel omdat ze zich dichter bij de hemel waande, viel de luidruchtige, jachtige stad als een verstikkende deken over haar heen. En van het overvolle verblijf bleven haar maar twee dingen bij.

Allereerst de paus. Met Piet, Bart en haar schoondochter Thea had ze op het plein voor de Sint-Pieter uren op hem gewacht. De zon brandde op hun hoofd en Piet had al een paar keer gezegd dat hij terugging naar het hotel als de paus niet een beetje opschoot. Ze wuifde het weg. Hoe kon je terug als de menigte achter je rug je bijna tegen de dranghekken perste? Ze greep Piet en Bart stevig vast om op de been te blijven en toen ze bijna niet meer wist hoe ze het wachten moest volhouden, steeg er in de verte gejuich en geschreeuw op. Haar hart begon te bonzen, haar huid prikte.

Wiebelend op haar tenen ving ze, tussen hoofden en hoog gevouwen handen door, een glimp op van een witte wagen. Om haar heen zwol het applaus en het roepen en juichen aan.

Een lange rilling trok van haar nek over haar rug naar haar hielen. Ze zág hem, ze zág hem. Paus Paulus VI, staand in een open wagen. Het magere gezicht boven de rode mantel. De witte kalot op het achterhoofd. Hij wuifde naar de menigte en een ondeelbaar moment was het alsof zijn ogen háár zagen. Haar! Neel Zandee uit Hillegom.

Het volgende ogenblik was hij verdwenen, hoe ze zich ook rekte en strekte om nog iets van hem te zien. Een paar minuten later stroomde de mensenmassa uit elkaar.

Trillend van moeheid en emotie rustte ze met een kop thee uit in het hotel. Piet en Bart veegden het zweet van hun voorhoofd en schoten in de lach toen Thea zei: 'U was geloof ik het liefst bij hem in dat karretje gesprongen.'

Ze liet het langs zich heen gaan en genoot van de verkwikkende thee. Ze lachten maar raak. Zij had de paus gezien!

De tweede herinnering was haar gebed in de kerk waar je, volgens zeggen, een plaats in de hemel kon verdienen. Hun gids nam hun groep ermee naartoe, maar hij verdwaalde en pas na eindeloos vragen en zoeken vond hij de weg. Een deel van hen had het toen al opgegeven en streek neer op een terras, maar zij bleef bij de gids. Toen ze de kerk eindelijk vonden, strompelde ze moe en bezweet naar binnen met in haar achterhoofd de woorden van Gon, lang geleden. 'Juist de moeilijke dingen, daar gaat het om. Die tellen voor Onze Lieve Heer...'

De koele, doodstille kerk was een verademing na de gloeiende hitte en het lawaai buiten. Ze was te moe om rond te kijken en de verschillen te zien met de kerken die ze al had bezichtigd. Het enige wat tot haar doordrong, was dat ze hier een plaats in de hemel kon verdienen.

Ze knielde, sloot haar ogen en bad, zo vurig en eerbiedig als ze kon, om vergiffenis voor alles wat ze ooit misdaan had en in de toekomst nog mis zou doen.

Soms hielp de herinnering aan die kerk in Rome en dan viel ze weer in slaap. Maar het hielp lang niet altijd. Dan lag ze de rest van de nacht wakker en dacht tobbend, hopend en biddend aan Kaatje.

Het begon aan haar te vreten. Een ander woord was er niet voor. Ze zag tegen de nachten op, maar ook steeds meer tegen de dagen. Alles putte haar uit. Zelfs nu haar leven zoveel lichter geworden was. Ze had tegenwoordig zelfs een wasmachine. Maar het uitzoeken van de was en die in de machine stoppen vielen haar zwaarder dan toen ze de was van twaalf mensen op de hand deed.

Toen Kaatje, ook weer tussen neus en lippen door, vertelde dat ze verhuisd was en haar nieuwe adres voor hen opschreef, groeide haar angst aan tot paniek en haar zorgen rezen tot een argwaan die door geen kalmerende woorden van Piet meer te sussen waren. Nu had ze geen rustig ogenblik meer.

Na drie doorwaakte nachten op rij zei ze: 'We gaan ernaartoe. Vandaag!'

Zwijgend reden ze naar Amsterdam en zochten zich een ongeluk, eerst naar de straat en toen naar een parkeerplaats. Piet trok een zakdoek tevoorschijn en wiste het zweet van zijn voorhoofd. 'Als je nog eens wat weet!'

Ze gaf geen antwoord, maar stapte uit en zag nog beter wat ze al vanuit de auto had geconstateerd. Het was een armoestraat. Lang en smal met hoge huizen. Geen voortuintjes, geen bomen. Rijen geparkeerde auto's en tegen elkaar aan gesmeten fietsen en brommers op de stoep.

Haar hart klopte wild in haar keel en haar knieën trillen, maar nu ze a had gezegd moest ze ook b zeggen. Ze keek naar de huisnummers. Het was een eind terug. Zonder te kijken of Piet haar volgde, liep ze langs de gevels en de verveloze deuren met handgeschreven naamkaartjes naast de bellen. Bij sommige huizen kon je zo naar binnen kijken. Er hing niet eens vitrage. Wel oranje lorren of aan elkaar geknoopt touwwerk, van het soort touw dat Piet voor het opbinden van de tomaten gebruikte. Bruine banken, weer oranje gordijnen, kale houten tafels. Kasten van planken en bakstenen. Uit hun krachten gegroeide kamerplanten, sommige op sterven na dood. Wat een armoe.

Bij nummer 59 stond ze abrupt stil. Ze wankelde even en was blij dat Piet inmiddels naast haar stond zodat ze zijn arm kon grijpen. Toen pas durfde ze naar de naamkaartjes te kijken. Daar stond het. Kaatje Versteeg drie keer bellen. Nog meer namen. Ze draaide haar hoofd om ze niet te hoeven zien.

'Nou, waar wacht je op, vrouw?' zei Piet en drukte drie keer op de bel. Lang, hard.

De deur sprong open. Ze haalde diep adem om haar dochter in de ogen te kunnen kijken, maar het enige wat ze zag, was een steile trap die eindigde in een donker gat.

'Wie is daar?' riep een stem van ver.

Haar keel was zo dichtgeschroefd dat ze geen antwoord kon geven. Ze wilde het ook niet. Een beetje schreeuwen in zo'n trappenhuis zeker.

Op de eerste trap lag een moquette loper, op de tweede trap een kokosloper met een stapel post en een slordige hoop kranten. De derde trap was kaal en verveloos. De leuning onder haar hand was kleverig. Haar schoenen bonkten op de houten treden. Driehoog-achter, dacht ze.

'Wie is daar?' klonk het nog een keer. Vlugge voeten roffelden naar beneden en een ademloze stem zei: 'Ma... Pa...?'

Neel bleef staan om haar kloppend hart te laten bedaren en keek omhoog naar het onthutste gezicht van Kaatje.

'Wat doen jullie hier?'

'Wat denk je?' Ze greep de plakkerige leuning weer vast. 'We komen kijken naar je nieuwe kamer.'

'O...' stotterde Kaatje. 'O... leuk!'

Dat hoop ik, dacht ze grimmig en hees zich de laatste treden op.

'Maar waarom hebt u niet gebeld?' vroeg Kaatje die stokstijf boven aan de trap stond. 'Mevrouw Koster hier beneden heeft telefoon. Dat nummer hebben jullie toch?'

'Ik hoef mijn eigen dochter toch niet te bellen als ik op visite kom? Hier, pak mijn jas eens aan.'

Kaatje kwam eindelijk in beweging en drapeerde hun jassen over de balustrade van de trap.

'Heb je geen kapstok?'

In het donkere halletje zag Neel alleen een dichte deur en een deur op een kier, waardoor ze een glimp opving van een overvolle aanrecht en een gasfles op een kaal en stoffig zeil.

'Ik woon hier net,' zei Kaatje. 'We... Ik kan niet alles tegelijk.'

Neels oren gonsden en het halletje draaide om haar heen. Ze zocht steun bij de balustrade.

'Wel een ander soort buurt dan je vorige kamer,' zei Piet.

'Maar dichter bij het centrum,' zei Kaatje. 'En bij mijn werk en bij... nou ja... bij alles...' Ze trok de gesloten deur open en maakte een halfslachtig uitnodigend gebaar.

Met trillende knieën ging Neel de kamer binnen. Ze deinsde terug. Een jongen met een snor en haren tot in zijn nek kwam op haar toe. 'Hallo, ik ben Rob.'

Werktuigelijk schudde ze de uitgestoken hand en zakte op de lage bank die de jongen aanwees. Als ik het niet dacht, als ik het niet dacht, raasde het in haar hoofd. Haar blik vloog rond. Vierkante kamer, klein raam, tafel, twee klapstoelen, boeken, bureau vol paperassen en... haar adem stokte, een brede matras op de grond, weggeschoven onder de schuine wand.

'Willen jullie thee?' vroeg Kaatje met een hoge stem. 'Of koffie?' Ze schudde een kussen van de bank op, schoof een paar boeken opzij en liep de kamer uit waarbij ze onhandig tegen de deur botste. 'Ik zal koffiezetten,' riep ze over haar schouder.

Neel keek nog steeds naar de matras. Here God.

Kaatje haalde kopjes en lepeltjes, haastte zich terug voor suiker en melk en nog een keer voor de koffie.

Eindelijk zaten ze allemaal. Piet en zij op de bank, Kaatje op een klapstoel en de jongen aan het bureau. Er bleef nauwelijks ruimte over. Ze zaten bijna knie aan knie. Iedereen zweeg.

Piet viste een sigaar uit zijn binnenzak, klopte op zijn zakken om lucifers te vinden en stak omslachtig de brand in zijn sigaar. De jongen met de snor sprong op om een asbak te zoeken.

Piet kuchte. 'Nog frisjes buiten, hè?'

Neels hart klopte in haar keel en het kopje in haar hand trilde zo dat er een scheut koffie over de rand vloog.

Kaatje veegde een spatje van haar broek. 'Hoe vindt u mijn nieuwe pak, ma?' vroeg ze. 'De laatste mode.'

'Mode?' Ze monsterde de zwarte manchester broek en het bijpassende korte jasje. 'Je lijkt wel een kolenboer!'

Kaatje kreeg een kleur. Neel zag het heus wel en ook dat ze naar haar vriend keek alsof ze zich schaamde voor een moeder die iets van haar kleren zei. Maar iemand moest dat doen. Zo kon een meisje er toch niet bij lopen?

Haar blik ging weer rond en werd opnieuw naar de matras getrokken. Hij leek nog breder dan daarnet, alsof hij de kamer van muur tot muur vulde.

Piet keek ook rond. 'Kleiner dan je vorige kamer, of vergis ik me?'

'Net zo groot,' zei Kaatje. 'Maar daar had ik geen keuken. Hier wel. Dat is het voordeel.'

'Ze is erop vooruitgegaan, hoor,' zei de jongen. 'Ik...'

Kaatje gaf hem een wenk met haar ogen en sprong op. 'Wie nog koffie?'

De jongen schokschouderde, keerde zich naar het bureau, sloeg een dik boek open en pakte een pen en een blocnote erbij.

Alsof hij thuis is, dacht Neel en die gedachte wakkerde haar schrik, haar schaamte en verwarring nog verder aan. 'Ga je mee naar huis?' vroeg ze en pakte Kaatje, die op weg was naar de keuken, bij de arm. Naar huis. Dat was het beste. Weg van die matras, weg van die jongen, weg van dit armoedige hok met zijn kale vloer en zelfgetimmerde bank.

Kaatje rolde met haar ogen en trok haar arm los. 'Dat kan toch niet, ma! Ik moet morgen werken!' Haastig liep ze de kamer uit. De deur viel achter haar dicht.

Neel zocht houvast bij haar tas en omklemde de hengsels. De matras lachte haar uit en werd breder en breder. Met een ruk stond ze op. 'We gáán.'

De jongen aan het bureau knipperde verbaasd met zijn ogen. Ze gaf hem geen hand. In twee stappen was ze bij de deur. Jas aan, plakkerige leuning grijpen, trappen af stommelen. Achter haar de voetstappen van Piet en van Kaatje. 'Ma... toe... wacht...'

Ze vocht tegen haar tranen en zag amper waar ze haar voeten zette. Buiten verdwenen de stoeptegels in een waas van hondenpoep en sigarettenpeuken. Een brommer flitste voor haar langs. 'Uitkijken, ouwe...'

'Ma!'

In het wilde weg liep ze door en het was meer geluk dan wijsheid dat ze de auto terugvond. Hijgend bleef ze staan. Piet trapte zijn sigaar uit en rukte zijn portier open. Kaatje stond woordeloos naast haar. Neel greep haar nog één keer vast. 'Ga nou mee naar huis, kind.' Haar vingers knelden om de arm die ooit een mollig peuterarmpje was geweest met een knuistje dat haar moeders rok pakte om zich achter te verbergen als ze schrok of bang was.

Kaatje stapte van haar weg zodat ze moest loslaten. Krachteloos viel haar hand omlaag.

'Het is midden in de week, mam. Ik moet werken en ik heb straks les.' Ze keek op haar horloge alsof er geen tijd te verliezen was.

'Maar die matras, kind! Hoe... hoe kan je dan góéd blijven?'

Kaatje keek haar meewarig aan, wilde iets zeggen en slikte het weer in. De tranen blonken in haar ogen. 'Toe nou, mam.' Ze opende het portier en gaf haar moeder een duwtje om in te stappen. 'Straks vat u nog kou.'

Piet was al ingestapt. 'Schiet nou maar op,' riep hij vanuit de auto.

Ze bleef staan. 'Dan kan je toch niet góéd blijven,' zei ze nog een keer. 'Samen...' Haar stem haperde. 'Samen in dat bed.'

'Mam, toe... Ik heb mijn eigen leven. Ik ben eenentwintig!' Ze duwde haar zachtjes in de auto. 'Jullie moeten gaan. Het is nog een eind rijden.'

Toen ze was ingestapt, boog Kaatje zich naar haar toe, haar hand op het open portier. 'Misschien kom ik volgende week zondag thuis. Of anders de week erna. Ik bel nog wel.' Het portier sloeg dicht.

Blindelings tastte Neel naar de slinger van het raampje. Waarom kwam ze niet áánstaande zondag thuis? Te laat. Piet had de auto al gestart en draaide de parkeerplaats uit. 'Heb je nou je zin?' De auto schoot vooruit, rakelings langs een paar zijspiegels.

Ze barstte in snikken uit, wilde hartstochtelijke snikken die ze minutenlang niet kon beheersen. Piet reed zwijgend door. Af en toe wierp hij een blik opzij en haalde vertwijfeld zijn schouders op. Pas toen ze wat bedaarde en een zakdoek zocht, deed hij zijn mond open. 'Zullen we doorrijden naar Purmerend, of naar Heiloo?'

Verwoed schudde ze haar hoofd. 'Ben je gek! Wat moet ik daar vertellen? Dat mijn enigste dochter... mijn enigste dochter... Dat hoeft niemand te weten!'

Na het bezoek leken de zwaarte en de moeheid die ze al maanden met zich meesjouwde erger te worden. De gewoonste dingen gingen moeite kosten. Aankleden, het bed opmaken, een boodschap doen. En de plezierige dingen, een kopje koffie in de zon of een nieuwe jurk die als gegoten zat, hadden geen betekenis meer. Zelfs het zingen in het kerkkoor, de wekelijkse repetitie en het zingen bij rouwen en trouwen tilden haar niet meer op. En dat deed ze altijd zo graag, vooral als ze leek terug te glijden in de tijd en weer tussen Catrien en Sjaan stond bij de Mariacongregatie. Het 'Ave Maria', het 'Magnificat', 'Sterre der Zee', alles net als vroeger. Ze kon nog steeds geen noten lezen, maar dat gaf niet. Ze zocht steun bij de sterke stem naast haar en dan verdwenen alle tobberijen naar de achtergrond. Maar ook dat was haar niet meer gegund. Misschien moest ze het koor maar afzeggen. Het zou er wel nooit meer van komen. Tegenwoordig was alles grauw en leek ze voortdurend door mul zand te lopen, gebogen onder een last. Ze zag het in de spiegel. Alles híng de laatste tijd. Haar schouders, haar mondhoeken, haar oogleden. Ik word een oude vrouw, dacht ze. Waar ben ík gebleven. Ik, Neel Zandee.

De nieuwe kamer van Kaatje spookte dag en nacht door haar hoofd en ze telde de dagen tot Kaatje thuiskwam. Dan zou ze haar weer waarschuwen. Haar zeggen dat het niet hoorde. Voor haar bestwil.

Toen Kaatje eindelijk belde om te zeggen dat ze langskwam – van zondagmiddag tot maandagmorgen – verwerkte ze eerst de teleurstelling dat het maar zo kort zou zijn. Een heel weekend kon er blijkbaar niet van af.

Daarna kreeg ze toch weer wat kracht. Ze haalde pindarotsjes bij de bakker, ze maakte pudding voor het toetje en deed extra haar best op het vlees. Ze liet het een halve dag in de roomboter sudderen zodat de geur het hele huis vulde. Een warm welkom, een stille hint dat het hier gezelliger was dan driehoog-achter met een aanrecht vol vuile borden en armoemeubels. Het woord 'matras' duwde ze weg. Als ze er alleen maar aan dacht, flitste er een pijl van schrik en zorg door haar heen.

Toen Kaatje eindelijk binnenstapte, droeg ze niet het kolenpak van de vorige keer, maar liep ze evengoed voor schobberdebonk: een flodderige broek en een geborduurde hes waaraan ze zelfs van een afstand de draadjes en rafels ontwaarde. Maar ze beet op haar lip en zei er niets over. Er waren belangrijker dingen.

Piet had gezegd dat ze het onderwerp voorlopig moest laten rusten, maar ze móést het ter sprake brengen. Blijven proberen om haar ziel te bewaren, had ze zich voorgenomen. Want zo stond het toch in haar missaal? *Geld verloren, veel verloren! Eer verloren, meer verloren! Ziel verloren,* ALLES *verloren!* Daar moest ze steeds aan denken, vooral aan die hoofdletters.

Daarom begon ze er direct over, al bij het eerste kopje thee dat ze voor Kaatje inschonk. 'Hoe kan je daar op die kamer nou góéd blijven, kind? Hoe kan dat?'

Ze zaten met zijn drieën aan de grote tafel met het pluchen kleed. De theepot, de kopjes en het schaaltje met pindarotsjes tussen hen in.

Kaatje plukte aan het kleed en slaakte een zucht. Zo vaak als dat kind tegenwoordig zuchtte als je haar gewoon iets vroeg. Ze deed een schepje suiker in de thee en schoof het kopje naar haar toe. 'Hoe kán dat?' drong ze aan.

Er viel een stilte. Kaatje roerde aandachtig in haar thee en keek daarna op. Haar mond vertrok nerveus. 'Wat denkt u zelf, ma?'

Het was alsof ze een klap tegen haar hoofd kreeg. Ze sloot haar ogen en zei toonloos: 'Dan heb ik liever dat ze me naar het kerkhof brengen.'

Met een hoorbare tik zette Piet zijn kopje neer. 'Zie je nou wat je je moeder aandoet?' viel hij uit. 'Schaam je je niet?'

'Ze doet het zichzelf aan,' zei Kaatje, die zich over de tafel boog om haar moeder aan te kijken. 'Wat is er zo vreselijk aan, ma? Leg me dat eens uit.'

'Je vergooit je! Voor zo'n rotjongen! Moet jij nou sociaal werkster worden? Ik dacht dat die zich netjes gedroegen.'

'Ik gedraag me netjes. Ik doe niemand kwaad.'

'Het hóórt niet. Snap dat dan! Het hoort niet voor een katholiek meisje.'

'Maar ik ben niet meer katholiek. Ik ga alleen maar mee naar de kerk omdat u anders de hele zondag van streek bent.'

'Ja, maak het nog een beetje erger,' zei Piet.

'Maar het is toch zo? Ik geloof niet meer, dat heb ik al eerder gezegd. God, Maria, Onze Lieve Heer, dat zijn symbolen, verzinsels! Ze zijn bedácht omdat mensen zich graag ergens aan vastklampen, en geen verantwoordelijkheid voor hun eigen leven durven nemen.'

'En nou is het uit!' Piet sloeg met zijn vuist op tafel. 'Dat soort taal wil ik hier niet horen.'

‘Anders is daar het gat van de deur,’ wees Neel met trillende vinger.

Kaatje zuchtte overdreven. ‘Goed, ik zal dat niet meer zeggen, maar leg me dan uit waarom ik me zo slecht gedraag. Ik steel niet, ik lieg niet, ik bedrieg niemand. Wat is er dan slecht aan?’

‘Het hóórt niet. Hoe vaak moet ik dat nog zeggen?’

‘Maar waarom dan niet?’

‘Dáárom niet!’ zei Piet. ‘En zo is het genoeg. Want jij wil altijd de reden van de reden van de reden weten.’

‘Het hoort niet! Snap dat nou eens.’

En zo eindigde wéér een gesprek in tranen, het zoveelste. Kaatje trok zich er niets van aan. Zag ze dan niet dat haar moeder eraan kapotging?

Boven haar zei een stem: ‘Mevrouw Versteeg? Gaat het? Zal ik u rechtop zetten? Dat ademt wat gemakkelijker.’

Ze knikte met gesloten ogen.

‘U bent weer benauwd, hè?’ De zuster schudde haar kussen op. ‘Zo beter? Niet de hele dag slapen, hoor. Als de masseur bij u is geweest, moet u er eens even uit.’

Ik sliep niet, wilde ze zeggen, maar de zuster was al bij het volgende bed.

Na de massage en het rondje over de gang aan de arm van een zuster kroop ze weer in bed voor het middagdutje. Ze had in haar leven nog nooit zoveel geslapen als hier. Maar helpen deed het niet. Gek genoeg werd ze er alleen maar slomer en suffer van.

Voetstappen op de gang kondigden het bezoek aan.

Verlangend keek ze naar de zaaldeur. Trijn en Gon zouden komen. Daar waren ze. Het was nog altijd vreemd dat Gon in burger was. Aan niets kon je nog zien dat daar een religieuze binnenkwam. Of het zou het kruisje om haar hals moeten zijn.

Ze hees zich overeind. 'Is Jan er niet bij?'

'Die komt vanavond met Piet,' suste Trijn. 'Drie mensen aan je sponde is te druk, Kneel.' Ze deponeerde een fles vruchtensap op het kastje en schoof een stoel bij het bed. 'En... hoe gaat het? Zie je het nog een beetje zitten?'

'Hoe het gaat?' vroeg ze bitter. 'Hetzelfde. Ik knap niets op.'

'Je piept niet zo erg als vorige week.'

Ze schokschouderde. 'Het is op en af. Vandaag gaat het wel.'

'Kijk eens wat we gisteren kregen!' Trijn knipte haar tas open en trok er iets uit. 'Een kaart van Ben.'

Ze pakte hem aan. Het vertrouwde handschrift, deze keer op een kaart van een torenhoog gebouw aan een diepblauw water: *Beste tante Trijn en oom Jan, dit is het Ontariomeer. Daar woon ik vlakbij. Het is zo groot als de helft van Nederland. Ik heb het hier best naar mijn zin. Groeten van uw petekind.*

Lusteloos gaf ze de kaart terug. Gon pakte hem aan en bestudeerde de voorkant. 'Prachtig hè? Zou dat water in het echt ook zo blauw zijn?'

Trijn lachte. 'Ga eens kijken. Je hebt toch vakantie tegenwoordig?'

'Geloof je het zelf?' grinnikte Gon.

Neel kon er niet om lachen. *Ik heb het hier best naar mijn zin.*

Een paar maanden geleden was Ben geëmigreerd. Naar Canada. Nog steeds vlijmde het door haar hart. Zo verschrikkelijk ver weg. Twaalf uur in een vliegtuig! Brieven deden er een week over en als hij opbelde, konden ze elkaar niet verstaan door de ruis en de echo's. Na zo'n gesprek leek hij verder weg dan ooit, alsof de afstand door het haperen van het contact verdubbeld was. En wat had je aan zo'n gesprek? Ben was geen prater en zij ook niet. Ze wilde hem in de buurt, om te weten of hij goed at, gezond was, naar de kerk ging. Niemand die daar nu op lette. En waarom was hij zo ver weg gegaan? Om zijn verbroken verloving? Had hij daar hartzeer van? Omdat zijn baan niet beviel? Hij had het allebei weggewimpeld. Voor studie, zei hij. Alsof zeven jaar studie in Wageningen niet genoeg was. Het was allemaal in een mum van tijd geregeld en ze was nog maar nauwelijks van de schok van de mededeling bekomen of ze stonden al op Schiphol. Toen hij – zonder nog een keer om te kijken – door de douane ging, was het alsof hij van haar losscheurde. Het deed letterlijk pijn, ergens in de buurt van haar hart. Wat had ze fout gedaan dat juist haar eigen kinderen haar in de steek lieten?

'Luister je eigenlijk wel, zus?'

Ze glimlachte vermoeid. 'Zeg het nog maar een keer.'

'Piet vertelde dat Kaatje thuis was geweest en macaroni had gemaakt.'

‘Buitenlands eten.’ Ze trok haar neus op. ‘Ik krijg het hier ook weleens.’

‘Piet en Hein vonden het anders best lekker.’ Trijn stopte de kaart terug in haar tas. ‘Is ze hier ook geweest?’

‘Kaatje?’ Ze zuchtte. ‘Ze droeg weer zo’n werkmansbroek. Zo’n blauwe, je weet wel. En ze had haar haar geverfd. Rood!’

‘Dus nog steeds een dolle mina?’

‘Ja, lach er maar om. Maar als jij een kind in Amsterdam had, zou je wel anders piepen.’

‘Neem het toch niet allemaal zo zwaar op, Kneel. Dat getob maakt je kapot. Je moet het overgeven. Haar loslaten.’

‘Jij hebt geen kinderen. Je weet niet wat het is als je enigste dochter erbij loopt als een zwerfster. Ik snap niet dat haar baas dat goedvindt. Zo hoort een sociaal werkster er toch niet uit te zien? En volgens mij gaat ze ook niet meer naar de kerk. Maar dat vraag ik maar niet eens meer.’

‘Het is de tijd, Kneel. De tijd van tegenwoordig. Je ziet het toch overal om je heen?’

‘Hier niet! Het is dat rotte Amsterdam! Vroeger was ze zo niet.’ Ze haalde diep adem en richtte zich op. ‘Alles heb ik voor haar gedaan. Alles! Ze mocht doorleren, op vakantie, mooie kleren, een brommer. De anderen netjes getrouwd en zij... zij...’ Hijgend zakte ze terug in de kussens.

‘Rustig, Kneel. Maak je niet zo druk.’

'Die jongen komt er niet in.' Met een vlakke hand sloeg ze op de bedrand. 'Punt!'

'Maar als je hem eens zou zien,' pleitte Gon. 'Dan zou je er...'

'Spaar me... Alsof één keer niet genoeg is.' Ze greep naar haar keel. Daar was het weer. Alsof iemand een strop om haar hals legde. Ze snakte naar adem, maar er was geen adem. Alleen angst, een klem om haar keel, druk op haar borst, paniek. 'Zitten,' steunde ze.

Gon hees haar op totdat ze wat rechter in de kussens zat. 'Zal ik de zuster roepen?'

Ze knikte en gebaarde. 'Ga maar. Te benauwd...'

'Maar...'

'Nee... ga maar... echt.' Ze sloot haar ogen en hoorde hoe Trijn en Gon zachtjes opstonden, de stoelen teruggeschoven en wegslopen. 'Dag zus,' fluisterde Trijn. 'Hou je goed. We komen gauw terug.'

1983

'Dáár!' wees Kaatje. 'Daar is tante Gon, bij de trap, zie je?'

Neel tuurde in de menigte. 'Waar dan?' Tientallen mensen verdrongen zich om de bagagebanden, sjouwden met koffers, zaten berustend te wachten of zwaaiden naar mensen naast haar achter de ruit van Schiphol, die net als zij iemand in het gewoel probeerden te ontdekken.

'Daar,' wees Kaatje nog een keer. 'Ze staan nu alle drie bij de bagagekarretjes, naast die vrouw in die rode jas, zie je wel?'

Ja, ze zag ze. Bart, Thea, en daar was Gon! Haar grijze pieken in de war, haar rok en jasje gekreukt, maar verder net als altijd met een opgewekte glimlach. De blauwe tas over haar schouder was nieuw. Zou ze die in Canada hebben gekocht? Ze tikte tegen de ruit en zwaaide, maar Gon was te ver weg om het te horen of te zien.

Kaatje trok haar mee, weg van de ruit. 'Ze hebben hun koffers. Dus komen ze zo hier tevoorschijn.'

Arm in arm wachtten ze bij de ondoorzichtige schuifdeuren die steeds een paar mensen doorlieten, sommige met strakke vermoeide gezichten, andere breed lachend of zoekend rondkijkend. Het lawaai en de drukte zoemden in haar oren. Mensen riepen en zwaaiden, kinderen drongen langs haar heen, koffers stootten tegen haar benen en uit de luidsprekers boven haar hoofd kwam een constante stroom van mededelingen en oproepen. Steeds opnieuw schoven de deuren open. Elke keer hield ze haar adem in.

Daar waren ze! Gon en Thea voorop. Lachend. Bart duwde de kar met koffers.

Ze liet Kaatjes arm los en drong zich tussen de mensen naar voren om Gon een hand te geven en haar dichterbij te trekken voor een omhelzing. 'En...?' fluisterde ze. 'Hoe is ze? Hoe was het? Hoe was Ben?'

Gon knikte geruststellend. 'Alles goed, prima, Ben ook.'

Ze slaakte een trillerige zucht en was blij dat Kaatje weer naast haar stond en haar elleboog vasthield. Nu de spanning wegvloeide, werd ze duizelig. Ze zocht steun bij Gon, die haar een arm gaf maar intussen zoekend rondkeek. 'Trijn en Jan zouden er toch ook zijn? Hebben ze...' Opeens zwaaide en wenkte ze. 'Joehoe! Hier... hier...'

En daar waren ze. Hijgend en met rode wangen van het haasten. 'Acht kilometer file,' zei Trijn. 'Moet je meemaken, net vandaag!' Ze sloot Gon in haar armen. 'Zo, wereldreizigster!'

'De vliegende non,' zei Jan en kneep Gons hand bijna fijn.

'Zullen we gaan zitten?' Neel had het gevoel dat ze

geen twee minuten meer op haar benen kon staan.

'Kom maar,' zei Kaatje en ging hen voor naar een plek waar ruimte was om de eerste verhalen te vertellen en aan te horen. Dankbaar zakte Neel op de plastic stoel. Net als Thea, Bart en Gon, die er alle drie bleek en moe uitzagen. Trijn bewonderde Gons nieuwe tas. Jan en Kaatje liepen af en aan met koffie en cake.

Ze warmde haar handen aan haar kopje. Ze had het nog steeds koud van de spanning. 'En?' vroeg ze opnieuw. 'Hoe was het?'

'Het was een mooie bruiloft,' vertelde Thea. 'Echt waar. Lucy droeg een lange, witte jurk en een grote, witte hoed. En Ben zag er ook puik uit. Het staat allemaal op de foto's. Ik zal ze gauw laten afdrukken.'

'Je moet de hartelijke groeten van ze hebben,' vulde Gon aan. '"Niet vergeten, hoor," zei Ben. Hij had je er graag bij gehad, dat zei hij ook nog.'

Het koffiekopje beefde in haar handen. Had ze toch mee moeten gaan? Even had ze spijt. Maar ze had het niet aangedurfd. Ze was te moe, te oud, en dan al die drukte, die vreemde mensen. 'En de kerk? Hoe was dat?' vroeg ze gretig.

'Ook mooi. Je verstaat wel niks, maar het koor zong prachtig.' Gon rommelde in haar tas. 'Ik heb het boekje van de dienst.'

'Dat vliegen mogen ze cadeau hebben van mij.' Bart keek opzij naar de kar of niemand er met de koffers vandoor ging. 'Je wordt doodmoe van dat zitten. Er komt geen eind aan.'

‘Het viel mij mee,’ zei Gon. ‘Ik heb even mijn ogen dichtgedaan en toen waren we er opeens.’

Neel volgde haar eigen gedachten. Als Piet er nog geweest was... Ze draaide aan de dubbele trouwring om haar vinger en voelde de vertrouwde steek van heimwee.

Piet was gestorven zoals hij geleefd had. Stilletjes, bescheiden, zonder veel ophef te maken.

Longkanker. Toen het ontdekt werd, was het eigenlijk al te laat. Een operatie durfde de dokter niet meer aan. Piet zelf wel. Zo oud was negenenzeventig toch nog niet? Maar de dokter vond bestralen beter. Twee keer per week naar het ziekenhuis in Den Haag. De kinderen maakten een rooster en reden hem om de beurt op en neer. Na een paar uur was hij weer thuis. Nog vermoeider dan toen hij wegging, grauwer en steunend op zijn stok. Het was een zegen dat hun nieuwe flat een lift had.

‘Als ik er niet meer ben...’ zei hij weleens.

Ze ging er niet op in. Daar moest je niet aan denken. Ze deden die bestraling niet voor niets, en hij kreeg toch weer wat eetlust? Als dat geen goed teken was.

Maar dat was het helemaal niet. Want een paar maanden later was hij dood.

Ze zag zijn stille lichaam in het ziekenhuisbed, de advertentie in de krant, de kist boven het open graf, en ze beefde van schrik en ongeloof, maar haar ogen bleven droog. Anderen lieten zich wel gaan. Alle dochters hadden rood behuilde ogen.

Na de uitvaart en het condoleren in de pastorie stapte ze verdwaasd de flat binnen. Piets jas hing aan de kapstok, zijn hoed op de plank erboven. Ze keek rond. Waar was hij? Het volgende ogenblik wist ze het. Hij lag op het kerkhof, bedolven onder bloemen en linten. *Rust zacht.*

Ze schudde het van zich af. Eerst een kopje thee. Ze had er gewoon dorst van gekregen. Op wankele benen liep ze naar de keuken, maar daar stond het theewater al op. 'Het komt er zo aan,' zei een stem. 'Ga maar lekker zitten.'

In de kamer zat ze aan de ronde tafel bij het raam. Buiten reed een bus langs, bij het stoplicht trokken auto's op en voor de zebra stonden twee meisjes gebogen over hun fietsstuur te ginnegappen. Vreemd. De wereld ging gewoon door. Alsof er niets veranderd was.

Ze keek de kamer rond alsof ze hem voor het eerst zag. Waren dit haar spullen? De glimmende notenhouten kast met het glaswerk, de stoelen met de gehaakte kleedjes over de leuningen, het bloemenschilderij. En, o god, Piets eikenhouten bureautje waaraan hij de bankzaken deed, de rekeningen, de belasting. Haar adem stokte. Hoe moest dat voortaan?

Starend in het niets dronk ze de thee die iemand voor haar neerzette.

'Er waren veel mensen, hè?'

Ze schrok op. O ja, Kaatje was bij haar. Gelukkig. Eigen. Geen vreemden.

Als een droom ging de rest van de dag voorbij. Het

middagdutje, het eten, de afwas. Pas toen ze de aanrecht nog eens extra afnam – Kaatje was nog steeds geen echte huisvrouw, wat een druppels had ze laten zitten – voelde ze zich meer zichzelf. Maar waar bleef Piet toch? O ja... *Rust zacht.*

Ze zocht steun bij de aanrecht, maar ging daarna op zoek naar lakens voor het logeerbed. Kaatje zou de eerste nacht bij haar blijven.

De volgende morgen werd ze om zeven uur stijf en stram wakker. Er was iets... O ja... *Rust zacht.*

Krant van de mat rapen, thee zetten, beschuiten smeren, bordjes op tafel, kopjes. Even later zaten ze samen aan de keukentafel.

Kaatje zag bleek. Ze at bijna niets en plotseling snikte ze het uit. Met schokkende schouders sloeg ze haar handen voor haar gezicht. De tranen drupten tussen haar vingers door.

Neel hield haar ogen strak gericht op de krantenpagina naast haar bord. Van Agt opnieuw premier. Dat zou Piet fijn vinden. Beter dan die rooie van de PvdA. Ze sloeg een pagina om. Kaatje snikte nog steeds. Als ze er geen aandacht aan schonk, zou het kind wel bedaren. Zwijgend haalde ze de krant uit elkaar en schoof haar een deel toe. Afleiding was het beste. Je had er niets aan om je te laten gaan. Ze kreeg haar vader er niet mee terug.

Na de koffie ging Kaatje weg. 'Of zal ik nog even blijven?' vroeg ze op het laatste moment. Ze had haar jas al aan.

'Nee, ga maar, ik moet er toch aan wennen.' Neel sloot

de deur achter haar en leunde er even tegenaan. Een plotselinge duizeling trok haar naar de grond, maar ze greep een deurpost en daarna een stoelleuning, nog een stoelleuning en zakte in een fauteuil. Toen de lichtheid in haar hoofd wegtrok, stond ze weer op. Bezig blijven. Koffiekopjes wassen, melkpannetje uitboenen, boterhammen voor straks uit de vriezer halen, twee voor haar, drie voor Piet... o nee, *rust zacht...* wastafel schoonmaken, logeerbed verschonen. Voor als Gon kwam. Wat moest ze vanavond eten? Er was nog wat vlees. Even zien of ze aardappelen had.

Op den duur begon het door te dringen. Toen de gaten in de dagen vielen, toen er minder bezoek kwam, toen er niets meer te doen was en haar oude kwaal weer begon op te spelen. Benauwd. Buiten adem.

Wie had ooit gedacht dat het zo zou gaan? Piet was altijd de sterkste geweest. Nooit iets gemankeerd terwijl zij om de haverklap in het ziekenhuis lag omdat haar laatste uur geslagen leek. Ze had altijd gedacht dat Piet alleen achter zou blijven. Niet zij.

Weduwe. Vijfenzeventig jaar. Voor het eerst van haar leven woonde ze alleen. Altijd had ze mensen om zich heen gehad, geloop, gepraat. Nu was er niemand meer. Toch bleef ze de dingen hardop zeggen. 'De post is laat vandaag. Wat zullen we eten? Kijk, de zon komt door.' Soms schrok ze van haar eigen stem.

Net als vroeger zette ze de radio aan voor het nieuws en de mededelingen voor land- en tuinbouw. Als ze dan haar ogen dichtdeed, verbeeldde ze zich dat Piet in de kamer was. Op pantoffels voor het raam, zijn rug naar haar toe, in het sleetse, bruine vest dat ze niet mocht weggooien, de vereelte handen rustend op de vensterbank tussen de potten met begonia's. Maar als ze hem dichterbij probeerde te halen, wilde horen hoe zijn stem klonk, wilde zien hoe hij een boek las, was hij weg. Dan deed ze de radio uit en was ze weer alleen met de suizende stilte en de tafel waarop maar één koffiekopje stond.

De dagen duurden veel langer dan vroeger. Om van de nachten maar te zwijgen. Soms vouwde ze haar handen, deed een schietgebedje of pakte haar rozenkrans, maar niets hielp genoeg om de zwaarte op haar schouders en de angst in haar keel de baas te worden. Zelfs Onze Lieve Heer laat me in de steek, dacht ze.

Als Gon kwam logeren, ging het beter. Dan voelde ze zich lichter, sterker, kon ze vrijer ademhalen, weer eens lachen. Maar na een paar dagen was dat voorbij. Dan moest Gon terug naar Heiloo waar haar medezusters ziek waren, doodgingen en waar haar ijverige handen niet gemist konden worden.

Als de kinderen op bezoek kwamen, viel er ook iets van haar af. Eventjes. Dan had ze aanspraak, ze zorgden voor haar geldzaken, haar boodschappen, reden haar naar de dokter, de kerk of de masseur, maar na een uurtje, hooguit twee, gingen ze weer weg. Dan hadden ze hun plicht gedaan.

In de *Libelle* vond ze een versje: *Ik mis je zo, het doet zo'n pijn, 't is moeilijk te beschrijven. Zo'n leeg gevoel, alleen te zijn. En altijd zo te blijven.*

Met een brok in haar keel knipte ze het uit, deed het in een plastic hoesje en plakte het in haar portemonnee, naast zijn pasfoto. Hoefde niemand te zien. Alleen zij wist dat het er zat.

'De passagiers voor KL1699 naar Madrid worden...'

Ze schrok van de luidspreker boven haar hoofd. Waar was ze? O ja. Ze schoof achteruit tegen de harde leuning van de stoel. Ook de zitting was keihard. Ze had tegenwoordig niet veel zitvlees meer. Het duizelde haar. De korte nachtrust, het vroege opstaan, de rit naar Schiphol. Het liefst ging ze even liggen.

'Gaat het?' vroeg Gon. 'Je ziet wit.'

Ze knikte en hield zich vast aan de stoelzitting. 'Laat maar even. Het trekt wel bij.' Niet klagen, dacht ze bij zichzelf. Wees blij dat Gon weer veilig terug is, dat Kaatje naast je zit, dat Ben netjes getrouwd is. Wees blij!

Een halfuurtje later zakte ze uitgeput op de zachte stoel in Kaatjes auto. Bart en Thea reden met hun eigen auto naar huis. Trijn en Jan brachten Gon naar Heiloo.

Toen ze haar ogen weer opendeed, waren ze al op de grote weg. Weilanden en akkers flitsten voorbij. Vrachtwagens, bussen. 'Waar zijn we?'

'Bij Leiden al,' zei Kaatje.

Ze ging rechtop zitten, pakte een zakdoek uit haar tas om haar bril te poetsen en haalde een kam door haar haar. Het dutje had haar goedgedaan. 'Hoe laat is het? Zou Gon al thuis zijn?'

Kaatje keek naar het klokje naast haar stuur. 'Bijna, denk ik. Hoezo?'

'Ik heb haar nauwelijks gesproken. Het was opeens zo druk met iedereen erbij.'

'Komt ze niet volgende week langs met de foto's?'

'Dat duurt nog zo lang.'

'Dan belt u toch? Dan hoort u wat meer.'

'Of zou ze naar bed gaan? Ze was wel moe, geloof ik.'

'Ze kan beter wakker blijven.' Kaatje tuurde in haar spiegels en veranderde van rijbaan. 'En vanavond vroeg naar bed. Zo is ze het snelst weer terug in het ritme.'

'Jij kan het weten,' zei ze met iets van ontzag in haar stem. Afwezig staarde ze naar de berm en de onder de auto door schietende witte strepen. Kaatje werkte bij een ministerie en moest daarvoor vaak op reis. Om de haverklap vertrok ze naar vreemde landen. Dan luisterde zij angstig naar het nieuws en spelde de krant. Er was toch geen vliegtuig neergestort? Soms lag ze wakker of schrok ze op uit dromen waarin Kaatje het aan de stok had met zwarten en Pinda-pinda-lekka-lekka's.

Ze ging wat verzitten en haalde verlicht adem toen ze besefte dat ze voortaan van díé zorg verlost was. Kaatje ging niet meer op reis. Ze keek naar haar dochter alsof ze het nog altijd niet kon geloven. Kaatje was moeder. Kaatje was getrouwd. Niet met die langharige schooier uit Amsterdam, maar helaas wel met een jongen zonder geloof. Piet en zij hadden zich er indertijd bij neer moeten leggen. Wat kon je anders? Protesteren haalde niets uit en in ieder geval waren ze getrouwd. Daar mocht je tegenwoordig al blij mee zijn. Piet had de trouwerij nog meegemaakt, de geboorte van het kind niet meer. Zo was hem de teleurstelling bespaard dat het kind niet gedoopt werd.

Zelf borg ze die teleurstelling op bij 'de hoop', zoals ze het stilletjes noemde. De berg van dingen die pijn deden, tegenvielen, anders uitpakten dan ze had gedacht. Hoe ouder je werd, hoe groter de hoop, dacht ze weleens.

Dat Kaatjes dochter naar haar vernoemd was, troostte een beetje.

'Je bent me dus wel dankbaar,' zei ze hardop.

Kaatje fronste. 'Hoezo?'

'Je dochter heet toch naar mij?'

'Jazeker, en naar de moeder van Huib. Hoe komt u daar opeens bij?'

'Dat doe je toch niet voor niks?'

'Voor sommige dingen ben ik dankbaar,' zei Kaatje terwijl ze afremde voor een stoplicht. 'Dat u me vroeger boeken gaf bijvoorbeeld, en dat u de mms voor me regelde.' Toen ze stilstonden, leunde ze even met haar armen op het stuur. 'Anders was ik niet gekomen waar ik nu ben,' voegde ze eraan toe.

Neel was tevreden. 'Onze Lieve Heer heeft moeders gemaakt omdat hij het niet alleen af kon.'

Kaatje schoot in de lach. 'Dat zei u vroeger ook altijd.'

'Lach jij maar. Je komt er nog wel achter,' zei ze vaag omdat haar aandacht getrokken werd door een echtpaar in de auto naast hen. Mensen van haar eigen leeftijd.

Van opzij leek de man een beetje op Piet. Die kon ook zo zijn bril afzetten en vermoeid in zijn ogen wrijven.

Het stoplicht sprong op groen. Kaatje trok op. De auto naast hen was sneller. Met geraas verdween hij in de verte. Zeker haast om thuis te komen, dacht ze. Misschien woonden ze net als zij in een flat. Dan zou de man beneden de post uit de brievenbus pakken, de zware liftdeur opentrekken, snel de juiste sleutel voor de voordeur vinden, zijn jas aan de kapstok hangen en zeggen: 'Wat denk je van een kop koffie, vrouw?'

Ze staarde in het niets terwijl de tranen achter haar ogen prikten. Die man en die vrouw met hun koffie, Gon tussen haar medezusters in Heiloo, Trijn en Jan samen in Purmerend. Zij kwam thuis in een leeg huis.

'Je blijft toch wel even straks?'

'Eventjes. Voor een boterham, maar dan ga ik weer.'

'Dan alweer? Huib zorgt toch voor Corrie?'

'Corine.'

'O ja, Corine. Moeilijke namen hebben kinderen tegenwoordig.' Ze tikte tegen haar slaap. 'Corine. Als ik het maar vaak zeg, leer ik het wel. Groeit ze goed?'

'Prima.' Kaatje ging rechtop zitten en glimlachte. 'Weet je dat ze opeens kan kruipen? En nog snel ook. Ze is in een mum van tijd de kamer door.'

'Ja, als ze klein zijn, zijn ze nog leuk.'

'Niet zo pessimistisch, mam. Over uw grote kinderen mag u toch niet mopperen? Ze zijn nu allemaal getrouwd. Dat is toch fijn? Ben is het laatste schaap over de dam.'

'Met iemand die ik nog nooit heb ontmoet. En met wie ik niet kan praten. En ze is ook nog gescheiden.'

'Ja, hoor eens,' zei Kaatje ongeduldig. Ze gaf gas en de auto schoot vooruit. 'Dat komt in de beste families voor. Zelfs prinses Irene is gescheiden, en die is óók katholiek.'

Neel snoof. 'Zogenaamd. Wie is er tegenwoordig nog katholiek?'

Toen Kaatje weg was, deed ze wat ze zich had voorgenomen. Ze belde naar Heiloo en wachtte op Gon terwijl ze de witte telefoondraad om haar vinger liet kronkelen en naar haar perkje met bloeiende narcissen staarde. Dat was het voordeel van deze aanleunwoning. Ze woonde weer beneden. Als ze de deur opendeed, stond ze in een tuintje, hoewel het die naam niet waard was. Een bordertje en een paar tegels voor een stoel. Maar het was beter dan de flat met alleen een tochtig balkon. Toch was ze hier nog steeds niet thuis. In de flat was Piet nog om haar heen geweest, hoorde ze zijn stem soms, zag ze hem zitten in zijn stoel. Hier...

'Mevrouw Versteeg? Met zuster portierster weer. Claudia ligt in bed. Ze was opeens zo moe. Ze kon haar ogen niet openhouden. Ik zal zeggen dat u gebeld hebt. Goed? Dan belt ze u terug.'

Teleurgesteld zette ze het toestel weer in de vensterbank, naast de foto's van de kleinkinderen. Ze keek een tijdje naar de lucht, waar tussen de wolken wat blauw te zien was, en verschoof daarna de foto's tot ze naar haar zin stonden, mooi op een rijtje en vanuit haar stoel goed te zien. Drie kleindochters had ze nu. Twee van Hein, een van Kaatje. Van de andere kleinkinderen, een stuk of dertig waren dat er inmiddels, had ze geen foto's. Ze had ze nooit gekregen, ze had er ook nooit om gevraagd.

Alleen van Chrisje, het dode jongetje van Agnes, stond er een foto op de kast. De jongste van de vijf, drie jaar oud, gestikt in een plas water. Ze schoof de foto meestal wat weg. Anders kwam het allemaal weer boven. De tranen, de stille ontzetting, het koude ventje in zijn lichtblauwe pyjama, het kleine kistje. De zee van bloemen. Agnes praatte er ook nooit meer over. Nooit! Geen wonder, je moest toch dóór.

Ze schrok van de bel. Wie kon dat zijn? Als het maar niet de buurvrouw was die haar altijd aanklampte en om een praatje verlegen zat. Dat was een nadeel van een aanleunwoning, had ze ontdekt. Je kon niet meer op jezelf zijn. In de grote hal was het een komen en gaan van bewoners en ook in de gangen was er altijd wel iemand die haar staande hield of haar meevroeg naar de koffiekamer. Maar daar had ze geen zin in. Wat moest ze met vreemden? Van de meesten wist je niet eens of ze wel katholiek waren. Haar buurvrouw was het in ieder geval niet.

Ze slofte naar de deur. Als ze het niet dacht. Daar stond ze weer, deze keer met haar jas aan en een tas in haar hand. 'Ik ga boodschappen doen,' zei ze opgewekt. 'Mijn zoon rijdt me heen en weer, dus ik dacht...'

Ze wees op haar tas. 'Ik vraag of mevrouw Versteeg ook iets nodig heeft.'

Nog voordat ze was uitgesproken, schudde Neel haar hoofd en duwde de deur, die ze op een kier had geopend, weer dicht. 'Nee hoor, ik heb niets nodig. De kinderen doen de boodschappen.'

'Weet u het zeker? Het is echt geen moeite, hoor.'

Ze schudde nog een keer haar hoofd en sloot de deur. Waar bemoeide ze zich mee? Ze kon haar eigen boontjes wel doppen.

Terug in de kamer keek ze op de klok. De morgen was bijna om en ze was moe genoeg om even te gaan liggen en weg te zakken.

Na haar middagdutje klapte ze de tuinstoel uit om zich te koesteren in de lentezon. Hier, in de luwte van het scheidingsmuurtje, had hij al kracht. Hij verwarmde haar koude botten en deed een vonk tevredenheid in haar opgloeien. Wat had Kaatje in de auto gezegd? 'Nu zijn al je kinderen op hun bestemming.'

Onder de deken die ze over haar knieën had gelegd, vouwde ze haar handen en zond een dankgebed naar boven, naar de hemel die zo blauw was als de mantel van Maria in de kerk van Hillegom. Maria zelf leek afwezig. Ze stuurde niets terug.

Later, toen het kouder was geworden en ze stijf werd van het stilzitten, ging ze naar binnen om thee te zetten. In het smalle keukentje wachtte ze tot het water kookte. De tevredenheid van daarnet sloop weg en maakte plaats voor verlammende doelloosheid. Ze keek op de klok. Nog een heleboel uren te gaan voordat ze de televisie aan kon zetten. En nog meer uren totdat het bedtijd was.

Haar blik dwaalde door de keuken, langs de witte tegels, de vlekkeloze aanrecht, de kille ijskast. 'Waar ben je toch?' zei ze hardop. Ze wist zelf niet wie ze bedoelde. Piet? Of toch Maria?

Ze goot het hete water in de pot en terwijl ze wachtte tot de thee getrokken was, scheurde ze een blaadje van de kalender. Op de keukenstoel las ze de achterkant. Het gaf haar elke dag iets te doen en te overdenken. Vandaag stond er een versje op.

Uw kinderen zijn uw kinderen niet.
Zij zijn de zonen en dochters van 's levens
hunkering naar zichzelf.
Zij komen door u, maar ze zijn niet van u
en hoewel ze bij u zijn, behoren ze u niet toe.

Ze bleef zitten, haar vuist tegen haar mond gedrukt. Degene die dit had verzonnen, was er dus ook achter. Uiteindelijk was je alleen.

Een week later kwam Gon logeren. Uitgerust en zo fit als een hoentje stapte ze binnen, een weekendtas in de hand. Ze hing haar jas op, zette de tas in de hoek bij het opklapbed en legde een fotomapje op tafel. 'Hier zijn ze dan.'

Neel schonk haastig koffie in en sloeg het mapje open. Nee maar. Het bruidspaar. Ben in een mooi donker pak, hagelwit overhemd, gele bloem op zijn revers. Zij, Lucy, in het wit met een grote hoed. Donker haar. Langwerpig bruidsboeket. Nog meer foto's. Gon vertelde wie het waren. Ouders, tweelingzus, een vriend, Bens baas en: 'Kijk, dit is Sara. Lucy's dochtertje.'

Vluchtig bekeek ze het kind en greep toen terug naar een foto van Ben in gesprek met Gon, hun hoofden dicht bij elkaar. Ben lachte vergenoegd. Ja, dit was haar zoon. Zo keek hij als hij het naar zijn zin had. Hij droeg Piets gouden horloge. Dat had ze hem na de begrafenis gegeven.

'En de kerk?'

'Daar mochten we geen foto's nemen,' vertelde Gon. 'Maar het was mooi en plechtig. De mis gaat bijna net zoals bij ons. Maar ja, ik verstond er natuurlijk niets van. Dat was wel jammer. Maar kijk...' Ze haalde een vel papier uit het mapje en vouwde het open. 'Ben heeft de trouwbelofte vertaald.'

Ze nam het papier aan en pakte haar leesbril: *Voor God en in de aanwezigheid van familie en vrienden neem ik, Benedictus Versteeg, jou, Lucy Miller, tot vrouw. Om samen met jou de vrolijke dagen te delen, samen met jou de kwade dagen te delen...*

Ze las het vertrouwde handschrift met de even vertrouwde mengeling van verlangen en verwijt. 'Bij de hoop,' mompelde ze.

Gon stopte het papier terug in het mapje en nam daarna de koffiekopjes mee naar de keuken. 'We nemen er nog een,' zei ze opgewekt.

Neel hoorde hoe ze de melk warmde en opklopte. De steek in haar hart ebde weg. Als ze Gon niet had.

Ze boog zich nog eens over de foto's en spreidde ze op tafel uit om de foto van het bruidspaar te zoeken. Dus dit was de vrouw die Ben had uitgekozen. Magertjes. Felrode nagels. Ben stond er wat onhandig bij, alsof hij liever ergens anders wilde zijn. Waarom was hij niet hier gebleven? Bij zijn verloofde? Loes lakte nooit haar nagels.

'Het blijft toch een vreemde,' zei ze toen Gon terugkwam uit de keuken.

'Dat moet je niet zeggen, Neel. Ze leek me echt wel aardig, al kon ik natuurlijk niet met haar praten. Ben moest alles vertalen.' Gon deed een schepje suiker in haar koffie en roerde. 'Weet je wat me opviel? In het Hollands stottert hij, maar in het Engels niet. Helemaal niet. Dat is toch een teken dat hij daar op zijn gemak is, niet? En die ouders van Lucy zijn ook beste mensen. Ze hebben Ben hoog zitten, hoor. Dat merkte ik wel.' Ze nam een slokje koffie, maar zette haar kopje neer toen de bel ging. Met vlugge stappen verdween ze naar de gang, waar ze de voordeur opentrok en verrast in haar handen sloeg. 'Kijk eens aan. Daar hebben we Kaatje met de kleine. Dag kind. Je moeder zei al dat je zou komen.'

Bepakt en bezakt kwam Kaatje binnen; twee tassen, een bos bloemen, en haar dochter op de arm. Met grote blauwe ogen keek het kind rond.

'Wat is ze weer gegroeid.' Neel strekte haar armen om het kind over te nemen.

'Ik verschoon haar eerst, mam. Ze is drijfnat.' Kaatje grabbelde een luier uit een tas en legde haar dochter op de bank. 'Nou nou, wat heb je weer je best gedaan,' babbelde ze terwijl ze de natte luier weghaalde. 'Je dacht zeker: mijn moeder heeft toch niets te doen?' Ze blies op het blote buikje en het kind greep kraaiend in haar lange haren. 'Au!' lachte Kaatje en maakte voorzichtig de babyknuistjes los. 'Durf je wel, jongedame? Je moeder zo'n pijn doen?'

Neel en Gon keken van Kaatje naar het kind en weer terug en lachten naar elkaar. Gon knipoogde en in Neel welde een golf van warmte. Haar opstandige dochter, die altijd linksaf wilde als het rechtsaf moest zijn en om wie ze zoveel verdriet en zorg had gehad, was een vrouw geworden. Een getrouwde vrouw die moederde alsof ze nooit iets anders had gedaan. 'Het is een wonder,' zei ze uit de grond van haar hart.

De drie dagen met Gon vlogen voorbij. Ze deden samen boodschappen, legden bloemen op het graf van Piet en kochten een nieuwe zomermantel voor Gon. 'Die ouwe kan echt niet meer, hoor,' zei Neel. 'Je loopt gewoon voor schut.'

'Ach... Wie ziet dat nou?'

'Iedereen!'

'Welnee. De mensen hebben wel wat anders te doen. Maar goed, omdat jij het zegt. Dat kan Bruin nog wel trekken.'

Neel glimlachte. Ontroering kroop in haar keel. 'Dat zei vader altijd, weet je nog?'

Ze gingen ook samen naar de kerk. Het was een zegen dat die er nog stond. Te vaak had ze in de krant gelezen dat er een kerk gesloopt werd. Als er een foto bij stond, kromp haar hart ineen. Ingestorte muren, omgevallen pilaren, kapotte ramen. Het leek wel oorlog. Alleen gebeurde deze afbraak met toestemming van de bisschop, omdat er te veel kerken waren en te weinig gelovigen. Had ze daarvoor al die jaren haar ziel en zaligheid in het geloof gelegd?

In de bijna uitgestorven kerk schoof ze naast Gon in de bank voor de zondagse mis. De pastoor werkte zich erdoorheen alsof hij haast had en geen ogenblik voelde ze de rust en het vertrouwen van vroeger.

Toen had je op zondag drie gewone missen en een hoogmis, en op feestdagen een plechtige hoogmis met drie heren, in met goud geborduurde kazuifels. Pasen, Pinksteren, Maria-Hemelvaart, Christus-Koning; al die feestdagen die ze elk jaar opnieuw had meegevierd en waarop ze in de kerk zat met blijdschap of in ieder geval met het vertrouwen dat, als zij maar haar best deed, Onze Lieve Heer zou zorgen dat alles goed kwam.

Ze wist nog hoe het was. De feestelijk luidende klokken, de bloemenweelde op het altaar, het steels begroeten van bekenden, het zachte geroezemoes en gestommel van honderden parochianen en daarna de plechtige stilte als de pastoor met zijn diakens binnenkwam, voorafgegaan door misdienaars in rode toog en hagelwitte superplie. Als Theo of Ben ertussen liep, zwol haar hart van trots. En als het orgel inzette en even later het gregoriaans de kerk tot in alle hoeken vulde, kwam ze los van alle dagelijkse tobberijen. Alsof ze zweefde. Zou het zo in de hemel zijn?

Tegenwoordig was de kerk armoe troef. De dienstdoende geestelijke had meestal nog maar één misdienaar en soms zelfs dat niet. Dan viel de koster in. Priesters en religieuzen traden bij bosjes uit en de bisschoppen ruzieden over hoe het verder moest met de kerk. En als zij het niet meer wisten, hoe wist je dan als gewone gelovige wat je moest doen?

Zij deed maar wat ze altijd had gedaan. Knielen, bidden en na de communie de handen voor haar ogen slaan om dicht bij Ons Heer te zijn. Maar ze voelde Hem niet meer zoals vroeger. Hij gaf haar geen kracht meer. Zou Hij echt dood zijn, zoals je weleens hoorde?

De houten bank trok koud op. Ze huiverde. Haar gedachten dwaalden af naar Piet, naar Gon die morgen weer weg zou gaan, naar de kinderen die weinig belden en altijd maar zo kort bleven. Die stiekem op de klok keken of ze al met goed fatsoen konden vertrekken. Geen tijd voor moeder. Moeder was afgedankt. Had ze het dan zó slecht gedaan? Was ze toch de boze stiefmoeder? Maar haar eigen kinderen zaten ook vaak op hete kolen. Dat merkte ze heus wel. En Ben was zo ver weg. Was dat nou je dank als moeder?

Na de mis zetten ze in het kerkportaal hun kraag op en knoopten hun jas hoog dicht. Ze waren lopend omdat ze een goede dag had en ze de wandeling aan Gons sterke arm wel aandurfde. Maar het was guurder dan ze gehoopt hadden.

Door de smalle zijdeur gingen ze naar buiten. Het kerkplein was al leeg en de hoge kerkdeuren gesloten. Of waren die niet eens open geweest voor dat handjevol gelovigen?

'Nog even en er komt niemand meer naar de kerk.'

'Het zijn woestijnjaren,' stemde Gon in. 'Zo probeer ik het maar te zien. Ons geloof wordt op de proef gesteld. Dus moet je juist nu je geloof bewaren, Neel. En je vertrouwen. Vertrouwen dat het goed komt.'

Op hun gemak wandelden ze naar huis. De gure wind was gaan liggen en in de bleekblauwe lucht dreven witte wolken waar de zon af en toe tussendoor piepte. In de tuinen waar ze langskwamen, zag en rook ze het voorjaar. De bomen liepen uit, de bollen bloeiden en een zwarte vogel met een snavel vol strootjes hipte over een gazon en verdween in een brede heg.

Vroeger liep ze hier met de kinderen. Ze renden voor haar uit, zochten kastanjes en beukennootjes onder de hoge bomen of lazen de namen op de huizen. Carpe Diem heette er een. Ze wist nog steeds niet wat het betekende.

Zevenendertig jaar geleden was ze hier voor het eerst langsgefietst. Met Piet, op massieve banden, hobbelend over de klinkers. Toen had alles nog vóór haar gelegen. Ze zou een gezin krijgen, een huishouden, een man. Vol vuur was ze eraan begonnen. Neel Zandee zou de wereld eens wat laten zien.

Onwillekeurig strekte ze haar rug, alsof de kracht van vroeger in haar terugstroomde. Maar ze hield het niet lang vol en de vragen die in de kerk op haar afgekomen waren, borrelden weer op. Wat was er terechtgekomen van haar voornemens, haar inspanningen?

Met onzekere stap liep ze verder, zwaar leunend op de sterke arm naast haar. Ze zweeg een tijdje, aarzelde en vroeg het toen toch: 'Heb ik het goed gedaan, Gon?'

Verwonderd stond Gon stil. 'Wat bedoel je?'

'Gewoon... alles. Piet, de kinderen. Sommigen hebben me nooit als moeder gezien.' Er trok een vlaag van spijt door haar heen. 'Ik denk weleens dat jij het er beter van afgebracht zou hebben.'

'Ik?' Gon schoot in de lach. 'Ik zou nooit de moed hebben gehad. Jij had die wel, Neel. Daar mag je trots op zijn.'

'Maar heb ik het góéd gedaan?'

Gon tuitte haar lippen alsof ze nadacht en streek een verwaaide pluk grijs uit haar gezicht. 'Het was een mirakels moeilijke opdracht van Onze Lieve Heer. Wie kan dat helemaal goed doen?'

Wat had ze dan fout gedaan? Ze opende haar mond om het te vragen maar slikte het weer in. Zwijgend liepen ze verder. Op de Parkweg staken ze de zebra over en passeerden de dansschool waar alle kinderen hadden leren dansen, de groten net zo goed als de kleintjes. Ze was met de tijd meegegaan, al zeiden de kinderen van niet. Zíj had vroeger geen dansles gehad.

Onder het spoorwegviaduct versnelden ze hun pas

omdat er net een trein voorbijdenderde. Het lawaai weerkaatste in haar oren en haar hart bonsde van schrik en de extra inspanning. Happend naar adem bleef ze staan. Pas na een paar minuten kon ze weer verder.

'Alle kinderen zijn toch goed terechtgekomen?' pakte Gon het gesprek weer op. 'Ze zijn getrouwd, ze hebben werk, een gezin. Het zijn eerlijke, fatsoenlijke mensen. Stuk voor stuk. Dat is ook aan jou te danken.'

'Sommigen gaan nooit meer naar de kerk.'

'Dat is de tijd, Neel. Dat is niet jouw schuld. En dat ze je niet allemaal als hun moeder zien...' Ze tuitte weer haar lippen. 'Dat ben je... dat was je ook niet. Laten we eerlijk zijn. Net zomin als zij jouw kinderen zijn. Je mocht er een tijdje voor zorgen.'

'Had ik het niet moeten doen?'

'Wat was er dan van Piet terechtgekomen? En van die zeven kinderen?'

'Dus ik heb het goed gedaan?'

'Ja!' zei Gon ferm. 'Je hebt gedaan wat je kon. Naar eer en geweten. Meer kan een mens niet doen.'

Ze overpeinsde het antwoord. Gon had gelijk. Ze had alles gegeven wat ze in zich had. Haar werklust, haar geloof, haar gezondheid. Meer konden ze daarboven niet van haar verlangen.

Op haar netvlies versmolten de narcissen, hyacinten en vroege tulpen in de tuintjes tot feestelijke boeketten in geel, blauw en rood. Ze rook de geuren en haar adem verdiepte zich alsof er ruimte kwam in haar borst. 'Weet je nog...' Haar stem haperde even. 'Weet je nog dat we vroeger samen langs de bollenvelden liepen? Soms helemaal tot Sassem.'

'Toen liepen we sneller. Dat redden we nou niet meer.'

'Wat wil je,' zei ze berustend. 'Als je oud wordt, wordt alles minder.'

'We zijn nog steeds zussen,' zei Gon en drukte even haar arm. 'Dat wordt niet minder.'

'Nee, dat niet. Goddank!'

Zeven maanden later werd Neel begraven.